보이는 마음

글 이서원

한국분노관리연구소 소장, '이서원의 사람사이' 대표. 연세대학교 사회복지학 박사. 고려사이버대학교 사회복지학과 교수로 재직했고, 서강대 신학대학원 겸임교수이다. 가정폭력과 아동학대로 고통받는 피해자와 가해자를 위한 상담전문가로 활동 중이다. 가정폭력 가해 남편, 가해 아내를 위한 정부표준프로그램 개발 과정에서 한국의 부부와 부모 자녀가 겪는 고통의 뿌리에 해소되지 못한 분노가 있음을 발견하고 한국분노관리연구소를 설립했다. 공공기관과 휴먼 서비스 기관에서 가족 관계 향상 및 분노 조절을 주제로 이십 년 넘게 강사로 활동했다. 상처받고 분노하는 시민들을 위한 치유상담모임 '붕대클럽'을 이끌고 있다. 감정을 요리해 위로하고 회복시키는 '감정식당'이라는 콘셉트로 강의와 상담을 하고 있다. 가톨릭평화방송 라디오〈감정식당〉진행자,〈힘들 땐 전화해〉고정 패널이다. 지은 책으로는《나를 살리는 말들》《감정식당》《말과 마음 사이》《마음대로 안 되는 게 인생이라면》《아픔에서 더 배우고 성장한다》가 있다.

이서원의 사람사이:www.saram42.kr

사진 김우중

학부와 대학원에서 기계공학을 전공한 후 자동차 회사에서 연구원으로 근무하다 2010년 천주교 예수회에 입회했다. 서강대학교 신학대학원에서 철학과 신학을 공부한 후 2020년 사제가 되었다. 현재는 미국 Boston College에서 윤리신학을 공부하고 있다.

*design*___김지혜

보이는 마음

이서원 글 | 김우중 사진

신부와 상담사가
보여 주고 들려주는 마음 이야기

예담아카이브

차
례

　사진 한 장은 책 한 권보다 많은 이야기를 전합니다. 사진은 말을 만나 깊이를 더하고, 말은 사진을 만나 생동감을 더합니다. 좋은 사진은 우리 안의 깊은 무엇인가를 건드립니다. 그것은 인생입니다. 사진 안에는 환한 나와 눈물 짓는 나의 인생이 들어 있습니다. 사진은 우리 인생을 감성의 세계로 초대합니다. 말은 사진 속 감성의 세계를 조곤조곤 우리에게 들려줍니다.

　수도자가 되기 전 사진작가였던 신부님과 작가가 되기 전 상담자였던 제가 처음 만난 건 신부님이 찍은 사진 한 장을 통해서였습니다. 신부님은 한 장의 사진을 찍기 위해 오랜 시간 미동도 하지 않고 원하는 장면이 나올 때까지 기다렸다고 합니다. 저는 감전된 듯 멍하니 사진을 바라보다 신부님께 사진에서 느껴지는 인생 이야기를 들려드렸습니다.

　이 책은 카메라와 펜이 만나 펼쳐 나간 신부님과 저의 은밀한 인생사진관이자 인생도서관 기록입니다. 인생은 신비합니다. 밑도

끝도 없이 불행이 닥치는가 하면, 생각하지도 못한 기쁨으로 우리 일상을 물들입니다. 우리는 그 인생 속에서 짧게 즐거워하고, 오래 외로워하고 괴로워합니다. 그럴 때마다 우리는 위로와 위안을 구하고 찾고 싶어 합니다. 현실에서 위로를 주는 사람을 만나기는 쉽지 않습니다. 그래서일까요, 우리 삶을 따뜻한 시선으로 담아낸 사진은 우리 마음을 포근한 색깔과 깊이로 위로해 주고 안아 줍니다. 말과 글은 내 마음을 다독다독 어루만지며 잔잔한 위안과 힘을 줍니다. 우리가 함께한 사진 한 장과 한 편의 글이 녹록지 않은 일상과 삶을 사는 여러분에게 작은 위로와 힘이 되길 희망합니다.

이 책의 사진에는 신부님의 번민하는 이웃과 사람을 향한 따뜻한 시선이 담겨 있습니다. 인생 이야기를 전하는 글 속에는 이십육 년 상담자의 길에서 만난 웃고 우는 삶들의 인생 원리가 숨 쉬고 있습니다. 이 책을 통해 새로운 삶의 희망 한 조각을 마음에 새길 수 있다면 저희로서는 더할 수 없이 큰 기쁨이겠습니다. 작고 소소한 삶의 오솔길을 함께 걸어 보지 않으시겠어요? 첫발을 함께 내딛게 된 여러분이 참 반갑고 고맙습니다.

이 서 원

사랑은
어디에서
오는가

위대한 사랑은 이성에서 온다

-루이 드 보날-

원숭이가 물고기를 집어 나뭇가지 위에 올려 놓았습니다. 왜 물고기를 물에 두지 않고 나뭇가지 위에 올려놓느냐고 묻자 원숭이가 기쁜 얼굴로 대답했습니다. "응, 빠져 죽을까 봐. 내가 한 마리씩 구해 주는 거야."[*]

원숭이는 물고기를 무척 사랑했습니다. 그런데 물고기를 차례로 죽이고 있습니다. 이런 원숭이의 사랑을 제대로 된 사랑이라 할 수 있을까요? 그렇지 않습니다. 감정적으로 두근거리는 마음은 사랑임이 분명합니다. 그러나 진정한 사랑이라 하지 않는 건 자칫 자기 감정에 충실하다 상대를 괴롭게 만들거나, 예화 속 원숭이처럼 죽음으로 몰아갈 수 있기 때문입니다.

사랑은 사랑하는 대상의 생존과 성장에 관심을 두지 않을 때 집

[*] 앤소니 드 멜로,《종교 박람회》, 분도출판사

착이 됩니다. 많은 연인이 상대가 나를 사랑하는지 내게 집착하는 건지 헷갈려 합니다.

사랑과 집착을 구분하는 기준은 의외로 간단합니다. 최종 목적이 상대를 향하면 사랑이고 나를 향하면 집착입니다. 상대를 향한다는 것은 다르게 말하면, 상대를 웃게 하는 게 목적이라는 말입니다. 나를 향한다는 것의 목적은 나를 웃게 하는 것이지요. 따라서 간절한 이 마음이 상대를 웃게 한다면 사랑일 가능성이 크고, 나를 웃게 한다면 집착일 가능성이 큽니다.

의처증과 의부증은 정신과 의사나 상담가의 고개를 젓게 만드는, 변화가 가장 어려운 마음의 병입니다. 상담을 하다 보면 배우자의 의심으로 괴로워하는 피해자를 자주 보게 됩니다. 피해자는 배우자가 자신을 사랑해서 그런 것이라고 오해합니다. 나를 너무 사랑하니까 다른 이성과 내가 부적절한 관계를 맺는 것이 아닐까 의심한다고 생각하는 것이지요. 사실은 반대입니다. 의심하는 배우자는 의심받는 배우자를 사랑하는 게 아니라 자기 자신을 지독히 아끼는 사람일 뿐입니다. 그는 자신 안의 애정 결핍을 의심으로 충족시키며, 상대에게 집착하는 가여운 사람입니다.

가정폭력 피해 여성들이 남편으로부터 몸을 피해 임시로 거주하는 쉼터에서 액자를 본 적 있습니다. 액자에는 '주여, 내가 하는 모든 말과 행동이 당신의 마음에 들게 하소서'라고 적혀 있었습니다.

이것이 주를 향한 사랑입니다. 주를 웃게 하는 것이지요. 만약 이 말을 '당신이 하는 모든 말과 행동이 나의 마음에 들게 하소서'라 고 바꾸면 폭력이 됩니다. 나를 웃게 하려는 것이니까요.

위대한 사랑도 사소한 사랑도 이성적인 사고에서 나올 때 진정 한 사랑이 됩니다. 사진 속 아이를 사랑한다는 것은 이 아이가 무 엇을 원하고 필요로 하는지를 이성적으로 명철하게 헤아려 조건 없이 그리고 아낌없이 해 주는 것입니다. 두근거리는 감정은 사랑 의 한 부분일 뿐입니다.

사랑을 하려면 제대로 해야 합니다. 사랑은 감정적 현상으로 보 여도 본질은 이성적 현상입니다. 모든 사랑은 감정에서 시작되어 이성을 거쳐 진정한 사랑이 됩니다. 이왕 하는 사랑을 제대로 하면 좋겠습니다.

이기려고
하지
않았어요

승자는 패자의 환대를 기대할 수 없다

-베르길리우스-

이십 년 넘게 유치원 원장으로 일하면서 아이들과 지금까지 한 번도 다툰 적이 없다는 분을 만났습니다. 비결을 묻는 저에게 원장님은 "쉬워요. 저는 아이들을 이기려고 하지 않았어요."라고 대답했습니다. 이기려고 하지 않았다는 말의 여운이 오래 갔습니다. 이기려고 하지 않는다는 말은 아이들을 내 마음대로, 내가 옳다고 여기는 대로 이렇게 해라 저렇게 해라 무언가를 시키고 강요하지 않았다는 말이지요. 아이들은 늘 자기를 이기려고 하는 어른을 상대하는 존재입니다. 많은 엄마가 아이들을 이기려고 하지요. '그렇게 하면 안 돼.', '양치하고 자야지.', '똑바로 일어서서 쳐다보고 고맙습니다, 라고 해야지.' 등 무엇을 해라, 무엇을 하지 마라의 연속이 아이와 일상이니까요.

원장님은 아이를 이기려 하지 않고, 아이 말을 먼저 들어주며 마음을 헤아렸을 겁니다. '그래? 그랬어? 그랬구나! 그래서 그런 거구나.', '그런데 이렇게 해 보면 어떨까? 그래? 알았어!' 이기려고 하지 않았으니 이런 말의 연속으로 아이들을 대했을 거고요. 아이들은 원장님과 다툴 마음이 생기지 않았을 겁니다.

불행은 세상의 모든 관계에서 어느 한쪽이 다른 한쪽을 이기려고 할 때 시작되는 것 아닐까요? 진 사람은 반성하는 마음은커녕 분하다는 마음이 듭니다. 분하다는 마음은 되갚아 주고 싶은 본능을 불러일으킵니다. 지금은 힘이 약하고 불리하니 때를 기다리자며 본능을 억누를 뿐이지요. 아이들은 이성의 힘이 약해서 힘이 센 부모나 어른에게 바로 대들다 더 크게 혼이 날 뿐이고요.

부부관계도 마찬가지입니다. 한 사람이 다른 배우자를 이기려고 할 때 불행해지기 시작합니다. 많은 중년 남자들이 자주 하는 소리가 있습니다. 아내가 여태껏 말을 잘 들었는데 갱년기가 되어서 그런지 요즘 자꾸 대들고 변한 거 같다는 겁니다. 그런데 이렇게 말하는 분들의 사연을 들어보면 실상은 다릅니다. 아내는 갱년기 때문에 변한 것이 아니라 지금껏 패자로 살아왔던 역사를 반복하지 않겠다고 선언한 겁니다. 지고 살지 않겠다. 그간 분함을 견디며 산 세월이 너무 길었다. 나는 당신과 하나 다를 것 없는 사람이다. 이제 나도 당신에게 더 이상 지지 않겠다는 선언을 시작하니 늘 승자였던 남편이 당황하게 되는 것이지요. 쌓였던 분함과 서러움이 마침내 나타나게 된 것이라는 걸 남자들은 잘 모릅니다.

사진 속 초로의 남자가 야트막한 동네 언덕을 지팡이에 의지해 천천히 걸어갑니다. 뉘엿뉘엿 넘어가던 햇살 한 줌이 남자를 따스하게 비춰 줍니다. 지금까지 아내에게, 자식에게, 직장 부하에게, 만나는 사람들에게 이기려고 살아온 세월이 다 부질없었던 게 아니냐고, 햇살이 부드럽게 남자를 감싸 안으며 속삭입니다. 남자는 이야기를 가만가만 들으며 고개를 끄덕입니다. 내게 젊음이 다시 주어진다면 누구도 이기려고 하지 않는 삶을 살겠다고, 저녁이 저물어 갈 무렵 햇살의 속삭임에 나지막하게 답하고 있는 것 같습니다. 햇살이 '그래요, 아직 살날이 많으니 지금부터 그리 사시면 되지요.' 더 따스한 온기 한 줌을 보내고 있습니다. 이기려고 하지 않는 삶이란 너와 내가 서로를 돕고 존중하는 아름다운 공존입니다.

정직과
침묵 사이

정직함은 자신이 생각하는 모든 것을 말하는 것이
아니라 자신이 말하는 모든 것을 생각하는 것이다

-H. 드 리브리-

사십 대 후반 조카와 소주잔을 기울이던 칠십 대 삼촌이 어렵게 말을 꺼냈습니다. "너도 이제 오십이 다 되어 가니 알 건 알아야 하지 않겠나." 삼촌이 어리둥절해하는 조카에게 들려준 이야기는 놀라웠습니다. 사실은 조카가 친자식이 아니라는 겁니다. 삼촌이 말한 사연은 이랬습니다. 밖에서 만난 여자와 바람이 난 아버지가 어느 날 아이를 안고 나타나 내 애니 키워 달라고 했다는 겁니다. 집안이 발칵 뒤집히고 난 후 어머니는 팔자려니 하며 아이를 맡아 키우기 시작했는데 그게 바로 이 조카라는 거지요. 조카는 삼촌에게 왜 지금에 와서야 그 말을 하느냐고 따졌습니다. 그러자 삼촌은 너도 알 때가 되었기에 하는 말이라고 맞받아쳤습니다. 언제까지나 진실을 모른 채 거짓 속에 살 거냐고. 솔직히 말해 준 나에게 고맙다 해야 하는 것 아니냐고 말이지요. 그 후 멀쩡하던 사십 대 후반 남자의 인생은 꼬이기 시작했습니다. 우울증도 앓게 되었습니다.

'정직은 최선의 정책이다.' 어린 시절부터 우리는 정직해야 한다는 말을 듣고 자랍니다. 그러나 어떤 경우에 정직해야 하고 침묵해야 하는지를 배우지 못했습니다. 정직과 침묵을 가르는 기준은 간단합니다. 정직보다 우선해야 할 가치가 있을 때 정직은 부덕이 되고 침묵은 미덕이 됩니다.

예부터 전해오는 이야기 중 아들이 돼지를 훔친 아버지를 관아에 고발해 결국 아버지가 처형된 이야기가 있습니다. 공자의 제자는 그 사건을 두고 아들이 정직한 것이냐고 물었습니다. 공자는 "그것을 정직이라 하지 않는다. 아들이 아버지의 잘못을 고하지 않는 것을 정직이라 한다."고 했습니다. 천하의 올바름을 주장했던 공자가 왜 그런 대답을 한 것일까요? 그것은 바로 정직보다 아버지의 목숨이 더 가치 있기 때문입니다. 정직은 침묵으로 표현되어야 함을 이른 것입니다.

우리 인생은 정직 하나로 모든 것이 결정되는, 단순한 일직선이 아닙니다. 정직, 우애, 사랑, 헌신 등 수많은 미덕이 실타래처럼 얽혀 있는 복잡한 입체선입니다. 그러다 보니 어떤 미덕이든 상황에 따라 상대적 가치를 갖게 됩니다. 정직에도 최우선으로 가치가 되는 때가 있고, 그 자리를 양보해야 할 차선의 가치가 될 때가 있습니다. 칠십 대 삼촌은 정직을 앞세워 조카에게 생길 수많은 마음의 상처를 간과해 버린 경솔한 사람이었던 거지요.

사진 속 두 사람은 인생의 어두운 골목길 속에서 굽이굽이 애환을 겪으며 살아온 부부 같습니다. 부부가 손잡고 나란히 걸어가며 주고받는 말은 모두 정직한 이야기들일까요. 아마 정직과 침묵 어디쯤일 테지요. 이 부부도 함께 살아온 세월만큼의 연륜이 필요했을 겁니다.

정직과 침묵은 종이 한 장 차이지만 그 영향은 서울과 땅끝 마을의 거리만큼이나 큽니다. 정직은 최선의 정책 중 하나일 뿐입니다. 정직해야 할 때 정직하고, 침묵해야 할 때 침묵할 줄 아는 미덕이야말로 정직을 넘어서는 가치입니다.

말뚝부터
박아

계획에서 실제 일까지의 길은 멀다

-몰리에르-

상담 중에 이혼할지 말지 고민된다는 분이 있었습니다. 듣다 보니 이혼 결심을 굳힌 상태였습니다. "혹시 여기 말뚝 박으러 오신 거예요?" 물었더니 그분은 마음을 들켰다며 웃었습니다. 이미 가까운 몇 사람에게 이혼 결심을 말하고, 마지막으로 상담실에 온 거라고 했습니다. 이혼 결심을 바꾸지 않기 위해 확실하게 말뚝을 박으러 온 겁니다.

시작이 반이라는 말은 시작하기가 가장 어렵다는 뜻입니다. 백리를 걷는다면 첫걸음이 가장 멀고 무겁습니다. 일단 발을 딛기 시작하면 그 뒤는 가깝고 가볍습니다. 《만행:하버드에서 화계사까지》 저자 현각 스님은 스님이 되는 과정에서 숭산 스님과의 일화를 소개한 바 있습니다. 하버드생 미국 청년이 스님의 법문을 듣고 깊이 감화되어 스님을 찾아가 자신도 스님이 되고 싶다 했더니, 숭산 스님은 얼마나 스님이 되고 싶냐고 물었습니다. 99%라고 답했더니 돌려보내더랍니다. 다음에 가서 다시 묻기에 100%라고 하자 비로소 스님이 되길 허락했다지요. 왜 99%가 좋지 않냐는 질문에 숭산 스님은 1%가 99%를 잡아먹는다고 했습니다.

이혼 결심이 99%라고 해도 아이들을 봐서라는 1%가 99%를 잡아먹는 경우가 허다합니다. 이혼뿐만 아니라 우리가 어떤 결심을 할 때도 마찬가지입니다. 1%는 막강한 힘으로 마지막에 가서 결정을 뒤집곤 합니다. 그래서 '간다간다 하며 애 셋 낳고 간다'는 속담이 생겼습니다.

무엇을 결심한다는 것은 99%가 아니라 100%를 말합니다. 이혼할 마음이 100%일 때 이혼을 시작할 수 있습니다. 결혼도 마찬가지입니다. 저 사람과 결혼하겠다는 마음이 100%일 때 결혼 준비를 시작하게 됩니다. 이혼과 결혼뿐만이 아니라, 모든 일과 관계에서 결심은 100%를 요구합니다. 그런데 현실이라는 것이 온갖 변수들로 얽혀 있다 보니 무 자르듯 쉽게 결정하기가 어렵습니다. 오죽하면 결정장애라는 말까지 등장했을까요.

스스로 무엇을 결정하는 게 쉽지 않다는 것을 반복하게 되면 좋은 점이 하나 있습니다. 다른 사람에게 결정을 강요하지 않게 되며 시간을 두고 기다려 줄 수 있게 됩니다. '지금 이 사람이 1%와 전

쟁을 벌이고 있구나!' 이해하기 때문입니다.

비슷한 어려움을 가진 사람들이 모여 상담하던 중이었습니다. 한 남자는 아내가 외도를 하고 있다고 말했습니다. 그러자 여러 사람이 중년 남자에게 다그치듯 왜 그런 여자랑 살아요, 갈라서요, 인생 낭비하지 마시고요, 라고 말했습니다. 그러자 중년 남자가 답답한 듯 말했습니다. "너 나 돼 봐라!" 그 말에 모두 입이 쑥 들어 갔습니다. 그는 1%와 힘겨운 전투를 벌이고 있었던 겁니다. 다른 사람들은 99%만 보여 쉽지만, 나는 1%만 보여 힘든 법입니다.

사진 속 말뚝은 땅에 굳게 박혀 있습니다. 어떤 길이의 끈을 묶어도 흔들리지 않을 것 같습니다. 이 말뚝의 이름을 100% 말뚝이라 부를 수 있을 것입니다. 말뚝을 먼저 박아야 일이 진행됩니다. 어쩌면 시작이 전부입니다. 그게 인생입니다.

웃어야
산다

진리는 웃음 속에 있다

-지라르댕-

아이가 잘 죽지 않는 이유는 어려서가 아니라 잘 웃기 때문입니다. 노인이 많이 죽는 이유는 병들어서가 아니라 잘 웃지 않기 때문입니다. 잘 웃는 사람은 잘 죽지 않습니다. 웃음 속에는 면역력이 와글와글 들어 있습니다.

아이가 잘 웃는 이유는 바라는 것이 작고 가볍기 때문입니다. 작은 것을 바라니 아이는 그것이 이루어질 때마다 웃습니다. 날씨가 맑아도 웃고, 음식이 맛있어도 웃고, 친구가 놀자고 해도 웃습니다. 어른이 잘 웃지 못하는 이유는 바라는 것이 크고 무겁기 때문입니다. 좋은 내 집이 생겨야 웃고, 좋은 내 차가 생겨야 웃으며 좋은 사회적 지위를 얻어야 웃습니다. 그런데 세상은 좋은 일을 소수의 사람에게만 허락합니다. 그러다 보니 웃을 일은 점점 줄어들고 화

낼 일과 우는 일만 늘어납니다.

웃음은 주변 사람에게 전염되어 웃음을 증폭시킵니다. 우리에게 개통령으로 알려진 강형욱 님은 강아지에게 주인이 사랑하고 있음을 알리는 가장 좋은 방법으로 환히 웃어 주라고 했습니다. 강아지는 주인이 머리를 쓰다듬거나 먹을 걸 줬을 때보다 자주 웃어 줄 때 기분이 좋아 껑충껑충 뛴다고 합니다.

아이들은 부모가 자기에게 잘해 주는 것보다 자주 웃는 모습을 보일 때 더 좋아한다고 합니다. 그 말이 사실이라면, 부모가 자녀를 웃게 해 주려고 애쓰지 말고 부모 스스로 웃으려고 애쓰는 게 훨씬 효과적입니다. 아이들이 가장 좋아하는 부모는 자기에게 헌신하는 부모가 아니라 자기 일을 즐거워하고, 그 일을 해내며 스스로를 자랑스러워하는 부모입니다. 부모의 웃음이 자녀들의 웃음으로 자연스럽게 이어진다는 이야기입니다.

상담 중에 재벌가의 운전기사로 평생 살았던 분들을 만나기도 합니다. 재벌 집안이 부럽지 않냐고 물어보면 하나같이 돌아오는 대답이 전혀 부럽지 않다였습니다. 이유는 가족끼리 잘 웃지 않는다는 것이었습니다. 어마어마하게 큰돈을 벌고 관리하려면 웃을 일보다 긴장하고 살아야 하는 일이 훨씬 많을 수밖에 없지요. 늦게 퇴근한 남편을 위해 된장찌개를 보글보글 끓여 주며 오늘도 힘들었겠다며 다독이는 아내에게 웃을 일이 훨씬 많지 않을까요. 천

만금을 주어도 웃음이 적은 삶을 살고 싶지 않다. 재벌가의 일상을 목격한 기사들의 생각은 같았습니다.

노인이 되어서도 잘 웃는 분들이 있습니다. 비결을 물어보면 마음을 내려놓았더니 웃음이 나온다고 합니다. 노인이 되어 할 일은 동심으로 돌아가는 것입니다. 아이처럼 작은 일에 기뻐하고 감사하는 마음으로 돌아간다면, 사소한 일들에도 활짝 웃게 됩니다. 노인이 되어서도 아이처럼 표정이 해맑으면 가족의 웃음이 늘어납니다. 미간에 내 천(川)자를 그린 노인을 바라보는 것은 상상만 해도 힘겹습니다. 아이들의 웃음이 얼마나 큰 것인가가 그 사회의 성숙도를 판단하는 잣대입니다. 하하하, 호호호. 어른이 먼저 웃고, 그런 어른을 보며 아이가 활짝 웃는 세상이 누구나 살고 싶은 세상입니다.

빛으로
내리는 말

좋은 것을 좋게 말해야 한다

-프랑스 속담-

　　"내가 말이야, 음악을 국내에서도 배우고 외국에서도 배웠잖아. 가르치는 선생들 실력은 진짜 비슷해. 어떻게 보면 우리가 나을 수도 있어. 근데 딱 하나, 말하는 게 달라. 내가 연주를 하잖아. 그럼 우리는 꼭 이런다. 그 부분 아니야! 거의 예외가 없더라니까. '그건 아니야!' 하고 지적을 한다. 외국 교수들은 안 그래. 연주를 다 듣고 '아, 그 부분이 참 좋다!' 이런다니까. 그다음에 덧붙이는 거야. '그런데 이 부분은 이렇게 연주하면 훨씬 더 좋을 거 같아!' 야, 너 같으면 어떤 말을 듣고 더 연주를 잘하고 싶겠냐. 그치? 외국이지? 진짜 그렇더라니까. 지적하면 쫄아! 그러니까 왠지 내가 못하는 것 같고, 다시 하려면 움찔하는 거야. 근데 칭찬을 듣잖아. 그럼 내가 잘하는 것 같아. 다시 하려면 막 힘이 난다.

4 ◦ 35

그게 차이더라고. 그래서 외국 가는 거더라고."

저녁을 먹으러 간 동네 횟집에서 옆자리 음악인 두 사람이 주고받는 대화를 우연히 들었습니다. 말에는 마음의 빚이 되어 두고두고 갚아야 하는 말이 있고, 빛이 되어 오래도록 빛나는 말이 있습니다. 그건 아니다라는 말은 듣는 사람에게 두고두고 빚이 되어 마음을 아프게 합니다. 그건 잘했다는 말은 듣는 사람에게 오래도록 빛이 되어 마음을 행복하게 합니다.

사진 속 빛내림을 보면서 어두운 것이 흠이라고 말한다면 듣는 사람 김이 얼마나 빠지겠습니까. 빛내림이 정말 좋다고 말하면 주변 사람들도 덩달아 기분이 좋지 않겠습니까. 그런데 왜 많은 사람이 어두운 것이 흠이라고 하는 말습관을 가지고 있는 걸까요?

어린 시절부터 시험을 치면 부모나 선생님이 정답을 맞힌 문제에 대해서는 말하지 않고, 틀린 문제에 대해 지적했습니다. 문구점에서 파는 오답 노트는 틀린 문제만 골라 적어 그 문제를 왜 틀렸는지 생각하게 하는 노트입니다. 정답 노트는 찾아볼 수가 없습니다. '틀린 것을 지적하고 맞게 하도록 한다.' 오랫동안 부모와 학교교육을 지배해 온 지침이었습니다. 축구를 배울 때도 마찬가지입니다. 그렇게 하면 안 된다는 소리의 연속입니다. '패스해야지, 패스!', '그림을 배워도 색이 탁하잖아!' 하는 소리를 듣습니다. 마음이 바뀌지 않는 한 지적하고 나무라서 고치게 하려는 방식은 변하지 않을 것입니다.

사람을 작게 만들어 놓고 크게 키우기는 어렵습니다. 크게 만들어 놓고 더 크게 키우기는 쉽습니다. 지적하는 말은 사람을 작게 만듭니다. 성토하던 음악인의 말처럼 쫄게 만듭니다. 쫄아 들고 주눅 든 사람이 커 봤자 얼마나 크겠습니까. 잘했다는 말은 사람을 크게 만듭니다. 펴게 만듭니다. 펼쳐진 사람이 더 활짝 펴지는 건 시간문제입니다. 빚이 되는 말을 빛이 나는 말로 바꾸는 방법은 간단합니다. 틀린 부분을 찾겠다는 마음을, 잘한 부분을 찾겠다는 마음으로 바꾸면 됩니다. 마음 한번 바꾸면 지옥에서 천국으로 갑니다. 선진사회란 물질이 앞선 나라가 아니라 말이 앞선 나라입니다. 언격이 곧 국격입니다.

퍼스트 펭귄

현자는 자신에게 묻고,

어리석은 자는 남에게 묻는다

-중국 속담-

결혼식 당일, 신부가 예식 시작 15분 전까지 예식장 입구에 서서 원피스를 입고 직접 하객을 맞이해 화제가 되었습니다. 신부는 자신이 신부 대기실에 앉아 있으면 자신을 보러 온 하객을 맞을 수 없고, 부모와 신랑이 맞이하는 게 이치에 맞지 않아 예식장 입구에서 맞이했다고 합니다. 서양 결혼식이 도입된 이래 누구도 이의를 제기하지 않던 결혼식 관행에 처음으로 도전장을 던진 신부입니다. 그 한 사람 덕분에 앞으로 결혼식장 풍경이 바뀔 조짐입니다.

관행이란 오랫동안 그렇게 해서 누구도 문제를 제기하지 않는 행동 방식입니다. 이것을 깨려면 남다른 용기가 필요합니다. 용기란 모두가 당연하게 여기는 일이라도 그 뜻을 스스로 깊이 물어보아 자신의 답을 얻을 때 생기는 덕목입니다. 신부의 행동은 파격이었지만, 파격에 이른 과정은 근본적인 질문을 스스로에게 던지고 답한 철학적 행위였습니다.

펭귄을 관찰한 과학자들의 보고에 의하면, 수천 마리의 펭귄은 바다에 뛰어들기 전 망설인다고 합니다. 바닷속에는 펭귄을 기다리는 배고픈 물개들이 있습니다. 펭귄 한 마리가 용감하게 뛰어들면 수천 마리의 펭귄이 뒤를 이어 뛰어듭니다. 한 마리의 용감한 선택에 모든 펭귄이 뒤따르는 겁니다. 퍼스트 펭귄은 용기의 상징입니다. 가장 먼저 물개의 먹이가 될 수 있음을 감수하고 뛰어들 수 있는 펭귄은 많지 않습니다.

그 일이 옳든 그르든 남들이 하는 것을 하지 않는 것은 어려운 일입니다. 신랑 신부 동시 입장도, 주례 없이 하는 결혼도 퍼스트 펭귄입니다. 경솔한 사람이 아니라 진지한 사람이라고 봐야 합니다. 남들이 모두 가는 넓고 편한 길을 마다하고 아무도 가지 않는 좁고 위험할 수 있는 길을 기꺼이 선택했기 때문입니다. 세상일은 바로 그런 퍼스트 펭귄들에 의해 개선되고 발전되어 나갑니다. 나머지 펭귄들의 망설임은 안전하긴 하지만 한 걸음도 나아가지 못합니다.

대학원에서 학생들에게 낼 시험 문제를 고민하던 중 같은 대학 교수 한 분이 학생 스스로 문제를 내고 답을 쓰라는 시험을 치게 한다는 뉴스를 접했습니다. 퍼스트 펭귄 교수였습니다. 뉴스를 접한 순간 기꺼이 두 번째 펭귄이 되기로 결심했습니다. 그리고 매 학기 기말고사에 학생이 문제를 내고 답을 쓰게끔 출제하고 있습니다. 학생들의 반응은 좋았습니다. 교수도 학생들이 낸 창의적인 문제와 깊은 사색의 결과로 써진 답을 보는 것이 즐겁습니다. 채점을 하는 과정이 행복합니다. 대학원에 어울리는 시험이라는 생각이 듭니다.

퍼스트 펭귄이 되기 위해 필요한 것은 당연하게 여기는 것에 대해 근본적으로 묻는 것입니다. 사진 속 홀로 나는 새처럼 가만히 생각하고 또 생각해 봐야 합니다. 이것은 원래 무엇을 위해 만들어진 관습인가 물어봐야 합니다. 그리고 스스로 답을 얻어야 합니다. 지금도 세상에는 퍼스트 펭귄이 될 많은 사람이 하늘 높이 날아 생각을 거듭하고 있습니다. 퍼스트 펭귄들에게 응원을 보냅니다.

명품 인간

꾸밈은 오만의 첫걸음이다

-옥센셰르나-

아이는 중학생이 되면서 신발에 관심이 높아졌습니다. 몇십만 원이 넘는 운동화가 있다는 걸 알게 됐지요. 운동화 다음에는 옷에 관심이 생겼습니다. 옷은 신발보다 곱절 더 비쌌습니다. 명품이라는 이유를 빼면 더 비쌀 이유를 찾기 어려웠는데, 아이는 사 달라고 졸랐습니다. 드디어 우리 집도 명품과의 전쟁이 시작됨을 직감했습니다.

어느 날 아이가 부모를 식탁으로 불러 이제부터 명품을 찾지 않겠다 선언했습니다. 놀란 우리는 이유를 물었습니다. 유튜브에 달린 어느 형의 댓글을 봤다고 했습니다. 명품을 자랑하는 SNS 게시글 밑에 자신이 학창시절에 수백만 원을 쓰며 명품족으로 살았지만, 살을 뺀 뒤 입는 옷이 진짜 명품이더라는 댓글이 달려 있었습니다. 움직이기 불편할 만큼 몸이 무거웠을 때는 아무리 비싼 명품을 사 입어도 몸이 가려지지 않았는데, 20kg 감량 후에는 싼 옷을 입어도 자신이 근사해 보이는 걸 알게 되었다고, 옷 속에 들어 있는 몸이 좋아야 명품이라는 것을 알게 되었다고 합니다. 신발 속에 들어 있는 발이 잘 달려야 명품이라고도 했습니다. 그 형의 댓글을 읽고 자기도 앞서간 형이 깨달은 그 길을 가고 싶다고 합니다. 속이 명품인 중학생이 되기로 결심했다면서 휴대폰에서 명품 브랜드 앱을 다 지웠다고 했습니다. 반신반의하면서 여러 날을 보냈는데 아이는 더 이상 명품을 찾지 않았습니다. 놀라운 반전이었습니다. 글 하나가 바꾼 아이의 생각을 보면서 해롭다고만 여겼던 SNS가 갑자기 고마웠습니다.

전하는 이야기에 따르면 이솝우화를 쓴 이솝은 용모가 아주 못났다고 합니다. 이솝을 직접 본 사람이 어떻게 이렇게 못난 몸에서 지혜로운 이야기가 나올 수 있냐고 했습니다. 그러자 이솝은 맛있는 술은 원래 못난 항아리에서 나온다고 재치 있게 대답했습니다. 겉보다 속이 아름다워야 진짜 아름다운 사람입니다. 이솝은 그것을 잘 알고 있었습니다. 겉이 명품인 사람은 속이 명품인 사람을 못 당합니다. 산이 아무리 수려해도 명산이라 부르지 않습니다. 신선이 깃들어 살아야 비로소 명산이 됩니다. 도공의 집 그릇은 깨진 그릇이라는 속담도 있습니다. 이미 명품 도자기를 만드는 도공은 누구에게 그릇을 보여 줄 필요도 없고 내세울 필요도 없습니다. 기능만 한다면 깨진 그릇도 훌륭한 그릇입니다. 불편하지 않으니 편하게 쓰는 거지요. 사진 속 꽃이 아름다워야 아름다운 벽이 됩니다. 꽃이 초라하면 벽도 덩달아 초라해집니다.

중학생 아들의 명품에 대해 달라진 시선을 보면서 우리 부부도 가만히 우리를 돌아보게 되었습니다. 내심 나도 명품이 하나 있었으면 하는 마음을 들킨 것 같아 혼자 얼굴을 붉혔습니다. 인간이 진짜 명품입니다. 인간의 속 가치가 겉 상품 가치보다 더 큽니다.

나는
게으른 게
아니다

먼저 내가 있고 그 다음에 세계가 있다

-쇼펜하우어-

마음을 공부하는 모임에 늘 일찍 오는 청년이 있었습니다. 그에게 지금 자신의 문제가 무엇이냐 묻자 그는 게으른 것이라고 했습니다. 일찍 오는 사람이면 부지런할 텐데 왜 그렇게 생각하는지 궁금했습니다. 그는 학교에서 시험을 칠 때 계속 미루다가 하루 전에야 벼락치기 공부했던 습관, 회사 입사 후에도 마감일까지 미루다 보고서를 작성하던 습관을 증거로 들었습니다. 한 분이 그에게 혹시 게으른 것이 아니라 하고 싶은 일에는 부지런하고 하기 싫은 일에는 게으름을 피우는 게 아니냐고 했습니다. 그렇지 않다면 여기 모임에 일찍 오는 것을 어떻게 설명할 수 있겠느냐는 거지요. 그러자 청년은 얼굴빛이 환해지면서 정말 그런 것 같다고 했습니다. 좋아하는 여자를 만나러 갈 때도 서둘러 가고 좋아하는 갤러리에 갈 때도 이것저것 알아보고 일찍 가게 되더라는 거지요. 결국 자신이 게으른 것이 아니라 좋아하는 것과 싫어하는 것을 대하는 태도가 다르다는 것을 알게 되었습니다.

성격 검사를 통해 나누어지는 성격 유형을 보면 이 청년처럼 좋고 싫고로 세상을 대하는 태도의 사람을 감정형, 해야 하고 하지 않아야 하고로 세상을 대하는 태도의 사람을 이성형이라 부릅니다. 자신을 게으르다고만 여겨 미워했던 청년은 이제 더 자신을 게으르다고 괴롭히지 않게 되었다며 좋아했습니다. 이 청년처럼 우리는 있는 그대로의 세상을 바라보는 것이 아니라 내가 생각하는 대로 세상을 바라봅니다. 그리고 세상이 이렇다 저렇다 규정하고 슬퍼하고 괴로워하는 경우가 많습니다. 존재하지도 않는 가상의 세계를 머릿속으로 만들어 슬퍼하는 것이지요.

현실은 객관적인 현실과 주관적인 현실로 구성되어 있습니다. 있는 그대로의 현실과 생각한 만큼의 현실로 이루어져 있는 것이지요. 많은 경우 주관적인 현실, 즉 생각한 대로의 현실의 힘이 더 셉니다. 그러다 보니 주관적인 현실을 실제라고 착각하고 희로애락의 감정으로 자신을 괴롭히는 경우가 많습니다. 조금 덜 괴롭게 사는 비결은 지금 내가 생각하는 현실이 실제의 현실일까 자기 자신에게 물어보는 습관을 들이는 것입니다.

사진 속 돌계단 양쪽에는 태극 모양을 품은 두 개의 계단버팀대가 있습니다. 두 버팀대가 든든하게 버티고 있어야 계단은 안전하게 자리 잡을 수 있습니다. 한 버팀대가 지나치게 크다면 다른 받침대는 초라해지며 계단도 균형을 잃어 위태로워지게 됩니다. 두 버팀대는 객관적 현실과 주관적 현실을 상징합니다. 주관적 현실이 지나치게 커지지 않도록 늘 주의를 기울여야 현실은 덜 괴롭고 더 편안한 현실이 됩니다.

게으른 것이 아니라 내가 더 좋아하는 일을 부지런하게 하고, 싫어하는 일을 뒤로 미루는 것입니다. 편협한 것이 아니라 내가 좋아하는 일을 파고 싫어하는 일에 관심을 갖지 않는 것입니다. 내가 나에게 갖는 부정적인 감정과 생각을 하나씩 검토하다 보면 어느새 썩 괜찮은 내가 나타나지 않을까요.

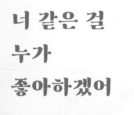

너 같은 걸
누가
좋아하겠어

말하기 전에 그것이 초래할 결과를 생각하라

-존 웜버-

　　엄한 아버지 밑에서 자란 사춘기 아들이 방황했습니다. 아버지는 그런 아들을 더 강하게 몰아붙였습니다. 아들의 방황은 패싸움으로 이어졌고, 그 끝은 친구의 죽음이라는 극단적 결과로 나타났습니다. 대노한 아버지는 아들을 호적에서 파내 쫓아냈습니다. 순식간에 벌어진 친구의 죽음과 호적에서 나오게 된 사건으로 아들은 정신이 없었습니다. 아들을 괴롭힌 건 자신을 쫓아내면서 아버지가 퍼부은 한마디였습니다. "너 같은 걸 누가 좋아하겠어!" 그 후 아들의 인생은 망가졌습니다. 안 해 본 일이 없을 정도로 먹고살기 위해 밑바닥을 전전해야 했고, 몇 번이나 자살을 시도했습니다. 차에 뛰어들면 바퀴에 긁힐 정도의 부상을 입었고, 다리에서 뛰어내리면 주변에 있던 해병대 출신 아저씨가 구해 주었습니다. 그러다 보니 죽을 운도 못 된다 싶어 모질게 살았습니다.

사람들과 관계를 맺을 때 늘 걸림돌이 되었던 건 '너 같은 걸 누가 좋아하겠어!'라는 아버지의 말이었습니다. 자기를 좋아하지 않을 거라는 생각은 어딜 가도 사람들과 어울리지 못하는 걸림돌이 되었고, 일터에서 쫓겨날 때마다 '그럼 그렇지, 누가 날 좋아해?' 하는 자기 비하의 증거가 되었습니다. 결혼에 세 번 실패하게 된 것도 같은 이유였습니다. 나 같은 걸 어느 여자가 좋아하겠느냐는 생각에 여자가 자신을 힘들게 하기 전에 자신이 먼저 여자를 힘들게 하고 괴롭혀 이혼하지 않을 수 없게 만들었습니다.

이 사람을 구해 준 것은 자기 사업장에 고용한 종업원이었습니다. 보육원 출신이었던 종업원은 일을 너무 잘했지만 늘 어두웠습니다. 어느 날 왜 표정이 늘 어둡냐고 물었더니 '저 같은 걸 누가 좋아하나요?' 했습니다. 어디서 들은 말이냐고 물었더니 보육원 원장에게 어릴 때부터 들은 말이라 했습니다. 순간 오래전 아버지에게 들었던 말이 떠올랐습니다. 젊은 시절 자기 모습을 종업원을 통해 보게 되었습니다. 그때 처음으로 '어쩌면 난 괜찮은 사람일지도 모른다'는 생각이 들었습니다. 종업원과 술자리를 하면서 살아온 이야기를 했습니다. 그 후 두 사람은 서로에게 넌 괜찮은 사람이라는 이야기를 했습니다.

두 사람은 서로를 구해 냈습니다. 새로운 시선이 더 나은 세상을 만든다는 걸 깨닫는 데까지 오십 년이란 세월이 걸렸습니다. 아버지의 독한 말 한마디는 아들의 오십 년 세월을 집요하게 지배하고 파괴했던 것이지요.

사진 속 잔은 말하기 전에 이 말을 듣는 상대는 어떤 마음이 들까 생각해 보라는 생각의 잔입니다. 한 번 더 생각하고 말하라는 잔입니다. 말 한마디로 사람의 한 생이 달라집니다. 말은 원래 마음의 알갱이라는 뜻을 지닌 단어입니다. 나에게 큰 영향을 주는 사람이 나에 대해 하는 말은 내 마음 밭에서 깊게 심어지는 씨앗입니다. 특히 가족 사이에 말은 가깝다는 이유로 무례할 수 있어서 독한 말을 하기 쉽습니다. '자나 깨나 불조심'이란 말이 있습니다. 가까운 사이에서는 '자나 깨나 말조심'입니다. 독한 말은 정말 힘이 세니까요.

나라는
샘물

자신에게 친구인 사람은 누구에게나 친구가 된다

-세네카-

자식을 학대하던 엄마가 있었습니다. 이혼 이후 가난과 스트레스로 폭식하던 엄마는 아이가 조금만 신경을 거슬리게 하면 매를 들었습니다. 엄마는 갑자기 몸무게가 불어 움직이는 것이 힘들었습니다. 우연히 동네 뒷산 약수터에 갔다가 숨 가쁜 몸을 편한 몸으로 만들고 싶다는 생각이 들었고 20kg을 감량했습니다. 신기하게도 몸무게를 줄이자 아이를 학대하는 비율이 점점 줄어들었습니다. 아이 몸무게를 줄인 것도 아니고 내 몸무게를 줄였는데 왜 내가 아이에게 잘 대하게 되는 것일까 궁금했습니다.

이 엄마가 아이를 덜 학대하게 된 이유는 아이 때문이 아닙니다. 엄마 자신이 가벼워지자 덩달아 마음도 편안해졌기 때문입니다. 곳간에서 인심 납니다. 그동안은 이혼과 가난, 몸무게에 대한 스트

레스로 마음속 곳간이 텅 비어 있었습니다. 몸무게를 줄이니 줄어든 무게만큼 마음속 곳간이 채워진 것이지요. 채워진 곳간만큼 아이에게 더 관대하게 된 것입니다. 자신이 행복한 엄마는 아이를 괴롭히지 않습니다. 이 엄마는 몸무게뿐만 아니라 경제적으로 조금 더 나아지면 아이에게 더 관대하게 될 것입니다.

아이에게 욕을 하고 아이를 학대하는 부모들을 만나보면 하나의 공통점이 있습니다. 바로 자신이 행복하지 않다는 겁니다. 마음의 곳간이 텅 비어 있습니다. 학대 부모들과 십 년 가까이 집단 상담을 하다 보니 상담이라는 게 별 게 아니었습니다. 함께 모여 사정을 나누고 심정을 알아주다 보면 조금씩 마음의 곳간이 채워집니다. 그 과정을 상담이라 부르는 것뿐이었습니다. 누군가 내 처지와 심정을 알아준다는 것은 휑한 곳간을 따뜻한 온기로 채워 주는 일이었습니다.

주위에서 나를 힘들게 하는 사람이 있다면 가만히 살펴보세요. 이 사람 혹시 지금 힘든 처지에 있는 게 아닐까 의심해 볼 필요가 있습니다. 직장에서도, 이웃 간에서도 나를 힘들게 하는 사람은 대부분 스스로 힘겨운 사람들일 수 있습니다. 마음의 여백이 없으니 남의 마음을 읽어 줄 여력이 생기지 않는 사람인 것이지요. 우리는 나에게 못하는 사람에게 조금은 더 관대한 마음을 가질 수 있게 됩니다. 그가 하는 행동에만 초점을 맞추지 않고 그렇게 할 수밖에 없는 처지와 마음에 주의를 기울이면 가능합니다.

　사진 속 약수터의 물이 마르면 누구도 물을 마실 수 없습니다. 똑똑똑 내가 나의 마음속 샘터에 물을 넣어 주어야 물이 찰랑찰랑 반짝입니다. 샘터의 물이 가득해야 다른 사람들이 마음껏 갈증을 해소할 수 있습니다. 자식에게 잘하고 남편에게 잘하며 이웃에게 다정하게 대하고 싶으면 마음만 내는 것으로 부족합니다. 그런 마음을 내는 나에게 잘하고 다정하게 대해 줘야 합니다. 내가 웃어야 남을 웃게 할 수 있고, 내가 울면 남을 울게 할 수밖에 없습니다. 세상이 웃어 내가 웃는 것이 아니라 내가 웃어 세상이 웃습니다. 참 좋은 세상은 경치가 좋은 세상이 아니라 내가 나에게 잘하는 세상입니다. 내가 세상살이의 첫 출발점입니다.

이런 사람
만난 게
다 내 팔자

결혼하게 되면 삼 주 동안 서로 연구하고,

삼 개월 동안 사랑하고, 삼 년 동안 싸우고,

삼십 년 동안 참게 된다

-테느-

주례를 서 달라는 부탁을 받고 난감했습니다. 결혼생활 십 년 조금 넘은 처지에 해 줄 말이 별로 없었습니다. 아마 상담을 직업으로 한 것이 주례를 부탁한 이유였을 것 같아 상담 현장에서 만난 부부들과 우리 부부의 이야기를 떠올려 봤습니다. 이십 년 넘게 부부들을 상담하다 보니 금슬 좋은 부부보다는 갈등하는 부부를 만나는 경우가 많습니다. 그래서 금슬 좋은 부부의 비결이 무엇인지 궁금한 마음이 들곤 했습니다.

사이좋은 부부의 비결 하나는 변화를 기대하지 않는 것이었습니다. 배우자의 성격, 행동이 바뀔 것이라는 기대를 하지 않는 부부들은 화목했습니다. 저 사람은 원래 저런 사람이고, 나는 원래 이런 사람이라고 생각할 뿐, 저 사람을 나에게 맞추려고 노력하지 않는다는 게 가장 큰 특징이었습니다. 그러다 보니 '이런 사람 만난 게 다 내 팔자'라고 생각하는 경우가 많았습니다.

상대가 바뀌지 않을 거라고 믿게 된다면 우리는 바뀌지 않는 상대에게 불필요한 노력을 하지 않게 됩니다. 잔소리하지도 않고, 바뀔 것을 강요하지도 않게 됩니다. 가만히 지켜보면서 상대의 습관과 패턴을 알아낼 뿐입니다. 거기에 내가 어떻게 적응할 것인가에 모든 에너지를 씁니다. 상대의 특징을 자원으로 활용하는 데 노력을 기울입니다. 남편이 사교적이라면 부부동반 모임을 자주 만들어 남편의 사교성이 마음껏 발휘되도록 합니다. 아내가 조용하고 책 읽는 것을 좋아하면 한적한 동네 카페에 갑니다. 커피 한 잔을 시키고 자신은 이런저런 뉴스를 휴대폰으로 검색해 보면서 아내가 책을 마음 편히 보도록 합니다. 상대의 자원을 활용하면 상대가 좋아하고 그런 기회를 만들어 준 나에게 고마워하게 됩니다. 그러면 나에게 잘하게 됩니다. 선순환이 일어납니다.

불화한 부부는 반대였습니다. 변화에 대한 기대가 높았습니다. 그리고 자기 손으로 그 변화를 이끌어 내려고 했습니다. 즉, 불화하는 부부는 상대를 내 마음에 들게 바꾸려는 데 자신이 가지고 있는 에너지를 씁니다. 잔소리를 끊임없이 하고, 폭력적으로라도 자신의 말을 들을 것을 강요합니다. 쉼 없는 갈등과 다툼은 상대를 바꾸려고 애쓸 때 나타나는 필연적인 결과였습니다. 서로 변화를 요구하고 변하지 않는 상대를 미워하는 악순환이 일어났습니다.

사진 속 한 남자가 여자에게 다가섭니다. 다가서는 마음이 사랑입니다. 사랑 속에 든 마음이 상대를 변하게 하려는가, 상대의 특성을 활용하려 하는가에 따라 이 두 사람의 행복과 불행이 결정됩니다.

주례사에서 서로 바뀌기를 바라지 말라고 당부했습니다. 수많은 부부가 걸려 넘어진, 변화에 대한 기대를 버린다면 행복이라는 비단길이 기다리고 있을 것이라고. 이런 사람 만난 게 다 내 팔자라고 말이죠.

집에서까지
영업해야 하나

부부 싸움은 자기를 알아달라는 치정이다

-황지우-

정수기 회사 영업사원이 있었습니다. 가가호호 방문하면서 하는 영업이라 퇴근할 때쯤이면 녹초가 되곤 했습니다. 영업이 여러 유형의 고객 눈높이에 맞춰 응대해야 하는 감정 노동이라 여간 힘든 게 아니었습니다. 그런데 집에 돌아오면 아내가 시시콜콜 그날 집에서 벌어진 이야기를 하고 싶어 했습니다. 고객 응대에 지친 남편은 아내 이야기가 귀에 들어오지 않았습니다. 속으로 '내가 집에 와서까지 영업을 해야 하나' 짜증이 났습니다. 아내는 아이들을 돌보느라 힘들어 남편과 그런 마음을 나누고 싶었는데 말이죠. 아내는 자신이 말만 꺼내면 남편이 짜증부터 내니기가 막혔습니다. 두 사람 사이에 말다툼이 잦았습니다.

이런 경우 남편이 마음 한번 바꾸면 문제가 간단하게 해결될 수 있습니다. '집에서까지 영업을 해야 하나' 하는 마음을 '밖에서도 영업하는데' 하는 마음으로 바꾸면 됩니다. 두 말은 전혀 다른 마음이기 때문입니다. 말은 마음의 반영이기도 하지만 말을 함으로써 마음이 바뀌기도 합니다. 밖에서도 영업한다는 말을 자신에게 물으면 이에 부응하는 방향으로 마음도 움직이기 시작합니다.

아들이 한 번씩 "아빠, 이것 좀 도와줘요!" 하고 도움을 청할 때가 있습니다. 그럴 때 어김없이 하는 말이 있습니다. "아, 그래. 모르는 남들도 도와주는 아빠인데." 그렇게 말하고 나면 거짓말처럼 아들을 도와주고 싶은 마음이 일어나곤 합니다. 생판 모르는 남들이 도움을 청해도 도와주려는 마음으로 살아가는 게 나인데, 소중한 아들이 도움을 청하는데 못 도와줄 일이 뭐가 있나 싶어지는 겁니다. 아내가 도움을 청할 때도 똑같은 말을 합니다. "남도 도와주는데!" 그럴 때마다 아내는 웃으며 좋아합니다. 남편의 그 말이 마음에 드는 것이지요.

사람의 마음은 비슷해서 타인이 자신을 소중하게 여기고 대접해 줄 때 기분이 좋아집니다. 영업사원인 남편은 아내가 자신을 소중하게 여긴다면 하루 종일 고객 응대한 자신에게 아무 말도 걸지 않고 휴식을 취할 수 있게 돼야 한다고 생각해서 짜증이 난 것입니다. 아내 또한 남편이 자신을 소중히 여긴다면 하루 종일 아이 돌보느라 고생한 자신의 하소연을 들어주어야 한다고 생각해서 화가

난 것입니다.

두 사람 가운데 한 사람은 다른 사람을 소중하게 여긴다고 말할 필요가 있습니다. 남편이 손해 보는 마음으로 두 눈 질끈 감고, 그래 내가 생판 모르는 남에게도 비위를 맞춰 주는 사람인데 아내 하나 못 맞춰 주랴, 아내의 하소연을 고객 대하듯 들어준다면 아내는 십중팔구 두 눈이 동그래지고 입이 활짝 벌어질 것입니다. 자신을 소중하게 여긴 남편이 고마워서 시원한 물 한 잔이라도 기분 좋게 주지 않을까요. 처음 보는 남들에게도 잘해 주려고 애쓰며 사는 게 우리들입니다. 가족이야 말해 무엇 하겠습니까. 남에게도 잘하는데 말이죠.

사진 속 두 손을 다정하게 잡고 꽃길을 걸어가는 노부부는 결혼한 모든 부부의 로망입니다. 처음부터 저랬을 리 없습니다. 오래 노력한 결과일 뿐입니다. 어려운 사람 손도 잡아 주는데 내 남편, 아내 손이야 오죽하겠냐는 노력 말이지요.

결혼식이 아니라
결합식

결혼은 발열로 시작해 오한으로 끝난다

-리히텐베르크-

아름다운 여자와 조건 좋은 남자가 결혼하게 되었습니다. 남자는 일류대학을 나왔는데, 이에 대한 프라이드가 엄청 났습니다. 신랑은 주례에게 몰래 가서 신부를 명문 여대를 졸업한 재원으로 소개해 달라고 했습니다. 결혼식 당일, 신부 측 하객들이 술렁였습니다. 주례사가 신부의 학력을 명문 여대로 소개했기 때문이었습니다. 신부도 황당하기는 마찬가지였습니다. 주례사가 자신의 학력을 소개할 때는 순간 잘못 들었나 귀를 의심했습니다. 너무 놀라 옆에 서 있던 신랑 얼굴을 쳐다보았는데 신랑은 만족스러운 듯 미소를 짓고 있었습니다. 신부는 기가 막혔습니다. 신혼여행 내내 싸웠습니다. 남편의 말이 더 기가 막혔습니다. "네가 좋은 대학 나왔으면 이런 일도 없었잖아." 이 일뿐만 아니었습니다. 신랑은 뉴스에 사건·사고 소식이 나올 때마다, 경멸하듯 "저런 인간들은 다 가방끈이 짧거나 부실한 대학을 나와서 그런 거야."라며 경멸했습니다.

남편이 학력에 목숨을 걸었다면, 아내는 외모에 목숨을 걸었습니다. 몸매가 망가질지 모른다며 아이 낳기를 포기했을 뿐만 아니라 얼굴 여러 군데에 칼을 댔습니다. 결혼 전에도 수술을 여러 번 했는데 결혼 후에도 몇 차례나 수술한 것이지요. 남편은 그런 아내를 보며 머릿속 바꿀 생각은 안 하고 바깥만 바꾸려 한다며 비난했습니다. 아내는 남편을 헛똑똑이라고 욕했습니다. 아내와 남편의 싸움이 잦아졌고 결국 이혼을 하게 되었습니다. 이혼이라는 말보다는 해체라는 말이 더 적절해 보입니다. 이 부부는 결혼식이 아니라 결합식을 했기 때문입니다. 아내는 자신의 미모를 재산으로 학벌 좋은 남자와 결합했고, 남자는 자신의 학벌과 직업을 재산으로 미모의 여자와 결합한 것입니다. 결합을 했으니 해체한다고 하는 것이 올바른 표현입니다.

사진 속 중년 부부는 서로 어깨를 기대고 정겹게 앉아 있습니다. 뜨거운 열정의 고개를 넘어 잔잔한 정의 고개로 들어선 모습입니다. 소박하게 입은 옷이 평범한 부부의 일상을 보여 주는 듯합니다. 마음과 마음이 만나 서로에게 의지하는 모습은 언제나 보는 이에게 평화를 느끼게 합니다. 이 부부의 느낌을 계절로 말하면 따뜻한 봄과 뜨거운 여름을 지나 서로에게 물드는 가을입니다.

마음 습관이 예쁜 여자와 마음 습관이 멋진 남자가 서로에게 호감을 느껴 하나로 되는 결혼이 점점 줄어들고 조건과 조건으로 교환되는 결합이 점점 늘어나는 시대입니다.

장군운전병이 된 병사가 있었습니다. 긴장했던 탓인지 장군을 태우고 가면서 기어변속을 할 때마다, "1단 변신하겠습니다. 2단 변신하겠습니다." 하고 말했습니다. 뒤에서 운전병이 하는 소리를 듣던 장군이 급기야 한마디 했습니다. "야 인마, 합체는 언제 하냐?" 그 장군이 요즘 결혼하는 모습들을 뒤에서 봤다면 한마디 하지 않았을까요. "야, 해체는 언제 하냐?" 언제부터인가 혼과 혼이 만나는 결혼이 더 귀해서 그리워지는 시대에 우리가 살고 있습니다.

버럭이와
피말이 대응법

너만이 너다

-셰익스피어-

걸핏하면 핏대를 올리는 남편을 둔 아내가 있었습니다. 사람들은 아내를 불쌍하게 생각했습니다. 어떻게 늘 화를 내는 남편과 사느냐는 거지요. 그때마다 아내는 알 듯 말 듯 한 웃음을 지으면서 말했습니다. 누가 힘든지는 살아 봐야 알지요. 아내는 사실 무서운 사람이었습니다. 남편이 크게 화를 내면 아내는 몇 달이고 밥을 해 주지 않았습니다. 남편과의 잠자리도 피곤하다는 이유를 들어 한 해 이상 거절했습니다. 남편이 뜨거운 분노를 한 번에 터트렸다면 아내는 차가운 분노를 오랜 기간 터트린 것입니다. 실제로 죽어 나는 건 남편이었습니다. 사람들에게도 비난을 받을 뿐만 아니라 집안에서는 한 번 화를 낸 죄로 긴 세월 동안 찬밥 신세를 면할 수 없었기 때문입니다. 최종 승자는 늘 아내였습니다. 사정을 알 리 없는 주위 사람들은 아내를 불쌍하게 여겼습니다.

이 남편처럼 타고난 기질이 뜨겁고 강한 사람을 '버럭이'라고 합니다. 버럭버럭 화를 내기 때문입니다. 버럭이들은 천성이 급하고 강합니다. 작은 자극에도 화를 버럭 냅니다. 그리고 금방 후회를 합니다. 욱하는 순간만 넘기면 되는데 그게 쉽지 않습니다. 산불이 나서 산이 활활 타는 형국입니다. 상대가 버럭이라면 적절한 대응 방법이 있습니다. 먼저, 결론을 빨리 이야기해 줘야 합니다. 이들은 성격이 급하고 기질이 강해 긴 설명이나 변명에 더 화를 냅니다. 할 거냐, 말 거냐 묻는 버럭이에게 현재 처한 상황과 내 심정을 말하다간 더 큰 분노와 직면하게 됩니다. 일단 할 거다, 말 거다 둘 중 하나를 택해 빨리 답을 해 줘야 합니다. 산불이 나기 시작할 때는 얼른 불부터 꺼야 하는 이치입니다. 다음으로 묻는 말에 답해야지 내가 나서서 길게 설명하려고 하면 안 됩니다. 일단 불을 진화시킨 뒤에 대처해야 합니다.

아내처럼 기질이 차갑고 강한 사람을 '피말이'라고 합니다. 사람 피를 마르게 하는 타입이기 때문입니다. 피말이들은 천성이 차분하고 강합니다. 사진 속의 산에는 하얀 눈이 쌓여 있습니다. 산불이 난 것이 버럭이라면 두꺼운 눈으로 덮인 산이 피말이입니다. 흰눈이 잘 녹지 않는 것처럼 한 번 화가 나면 오래도록 분을 풀지 않는 특성이 있습니다. 상대가 질릴 때까지 분을 풀어 차곡차곡 쌓인 화를 상대에게 갚아 줍니다. 몇 달 동안 말을 섞지 않는 것도 기본입니다. 화를 스스로 야무지게 풀어나가는 사람이 피말이입니다. 상대가 피말이라면 버럭이에게 도움이 되었던 응급 조치가 독이 됩니다. 차분하게 엉킨 실을 하나하나 푸는 마음으로, 단단하게 언 눈을 녹이는 속도로 천천히 묻고 답하기를 반복해야 합니다. 피말이의 마음속에 든 이야기를 다 꺼내도록 들어주고 기다려 줘야 합니다. 버럭이에 대한 대응이 빨리라면 피말이에 대한 대응은 천천히 입니다.

기질은 잘 바뀌지 않습니다. 상대 기질이 버럭이, 피말이 가운데 무엇인지를 이해하는 것이 중요합니다. 이후에 잘 대응하는 법을 익혀 나가야 합니다. 힘든 사람이 있는 것이 아니라 어떻게 대해야 할지 모르는 내가 있을 뿐입니다.

달리는 것은
바퀴인가
자유인가

자유, 그것은 우리가 우리 자신 위에 세운 왕국이다

-휴고 그로티우스-

한 여자와 세 번 결혼한 남자가 있었습니다. 팔 년 동안 이틀에 한 번꼴로 싸우다 보니 두 번이나 이혼했는데 풀리지 않는 의문 하나가 있었습니다. 그것은 도대체 내가 얼마나 잘못했기에 이렇게 싸울 수밖에 없나 하는 것이었죠. 영원히 남남이 되는 마당에 물어보지 못할 것이 무엇인가 싶어서 두 사람은 서로에게 내가 뭘 그리 잘못했는지 물어봤다고 합니다. 간섭과 참견이 싫었다는 이야기가 약속이나 한 듯 똑같이 나왔습니다. 그래, 속는 셈 치고 마지막으로 한 번만 더 살아 볼까 싶어 살기로 한 게 세 번이나 결혼하게 된 이유였습니다.

두 사람이 가장 먼저 약속한 것은 한 달에 한 번은 묻지도 따지지도 않고 상대에게 일박이일 동안 가출을 허락하자는 것이었습니다. 어디에 가든 누구를 만나든 간섭하거나 참견하지 않기로 한 것이지요. 결과는 놀라웠습니다. 두 사람은 결혼 이래 가장 만족스러운 관계를 유지하게 되었습니다. 남자는 주로 낚시하러 갔습니다. 고기가 잡히느냐 잡히지 않느냐는 중요하지 않았습니다. 까맣게 어둠이 내려앉은 호수 위 찌를 바라보며 무념무상, 한 달 동안 쌓인 스트레스와 짜증을 고요한 물 위에서 풀고 있었으니까요. 여자는 친정에 가거나 친구를 만나 밀린 수다를 푸는 데 많은 시간을 보냈습니다. 기분 좋게 일박이일 여행을 하고 온 기분으로 한 달을 살고 다시 떠나는 부부는 서로의 자유로움을 받아들이며 신혼 기분으로 살게 되었습니다.

우리는 나 자신으로 살 때 가장 행복합니다. 무엇을 하건 내 마음대로 할 때 가장 기분이 좋은 이유가 이 때문입니다. 자기의 이유를 줄여 자유라 합니다. 자유는 내가 가장 나다워지는 나의 왕국입니다. 왕국이 가장 쉽고 빠르게 무너지기 쉬운 경우가 결혼을 하면서 입니다. 부부로 살면 서로의 자유가 구속됩니다. 아이까지 태어나면 자유는 더 크게 제한됩니다. 직장에서도 자유롭지 않습니다. 양가 집안에서도 자유롭지 않습니다. 이 틀에서 저 틀로 옮겨가는 자유 이외에는 거의 자유가 남지 않습니다.

해그림자가 짙어가는 어슴푸레한 저녁, 한 남자가 자전거를 타고 집을 나왔습니다. 자전거는 두 바퀴로 움직이는 이동수단 가운데 내 몸과 일체가 되는 수단입니다. 바람도 햇살도 자전거와 주인이 똑같이 맞이합니다. 자전거는 또 다른 나입니다. 그런 내가 이 틀과 저 틀을 가위로 자르듯 자유를 길 위에 흩뿌리며 나아갑니다. 조명을 받아 자전거 모습을 그대로 드러내는 그림자는 내 속의 자유를 갈구하는 나입니다. 자전거를 내 발로 밀고 나가는 순간만큼 나는 온전한 나입니다. 나는 자유롭습니다. 우리는 모두 자전거로 나를 향해 달리고 싶어 하는 존재입니다. 그는 우리를, 우리는 그를 닮았습니다.

　서로를 위한다는 명분으로 자전거마저 못 타게 하는 관계는 건강한 관계가 아닙니다. 서로의 자전거 타기를 허락하기. 그리고 다시 자전거에서 내려 일상을 기쁘게 살기. 이 두 가지가 편안한 관계야말로 가장 좋은 관계입니다.

괜찮아
괜찮아

모든 것에는 두 개의 손잡이가 있다

-에픽테토스-

다섯 살 아들이 유아원 친구 부모와 저녁 약속을 했습니다. 모처럼 마음을 내어 비싸게 주고 산 아이 양복에 구두를 신기고 막 나가려는 순간 콜라를 마시고 싶다고 했습니다. 급하게 부어 마시던 아들이 컵에 든 콜라를 하얀 셔츠에 다 쏟아 버렸습니다. 그쪽 부모님들은 시간을 중요하게 여기는 분들이라 순간 일을 낸 아들에게 화가 났습니다.

아들은 번개처럼 엄마 아빠를 번갈아 보고 덜 혼날 것 같은 아빠를 길게 불렀습니다. 쩝, 침을 꿀꺽 삼키며 아들에게 다가갔습니다. "아빠, 콜라 쏟았어!" 아들은 가만히 아빠 눈치를 보며 기어들어 가는 소리로 말했습니다. 일부러 쏟은 건 아니라는 생각이 스치고 지나갔습니다. 혼내 봤자 서로 기분만 상하겠다 싶어 천천히 아들을 안으며 말했습니다. "승준아, 콜라를 마시다 보면 쏟을 수도 있고 안 쏟을 수도 있고. 괜찮아!" 아들은 눈이 동그랗게 되어 "괜찮아?" 하고 되물었습니다. "그래, 괜찮아. 하얀 옷을 입고 있다 보면 콜라가 묻을 수도 있고, 안 묻을 수도 있고. 괜찮아!" 아들은 그제야 얼굴의 긴장이 풀리며 아빠 말을 따라 했습니다. "괜찮아!"

뒤에서 "아이, 참!" 아내의 탄식이 들렸습니다. 부모교육을 전공한 아내지만 이 상황은 괜찮은 상황이 아니었기 때문이지요. 그런데 이미 아빠가 괜찮다고 한 상태라 뭐라 하기도 어려웠습니다. 아이를 임신하고 난 후 둘이서 한 약속이 있어서 더 그랬습니다. 부모가 아이에게 한목소리를 내야 하고, 돌발 상황에서는 먼저 목소리를 낸 사람 의견을 따르기로 약속했었으니까요. 결국 아이 옷을 모두 새로 갈아입히고 가느라 약속 시각에 늦었습니다.

다음 날 퇴근을 하니 웃으며 아내가 말했습니다. "여보, 우리 아들 너무 웃겨! 글쎄 오늘 거실에서 뛰다가 넘어졌거든. 근데 내가 뭐라고 하려니까 나 보고 뭐라는 줄 알아? '뛰다 보면 넘어질 수도 있고, 안 넘어질 수도 있고. 괜찮아!'이러는 거 있지. 진짜 웃겨." 또 아들이 리모컨으로 텔레비전 채널을 돌려 뭐라 하려고 했더니 "리모컨을 들고 있다 보면 다른 데 틀 수도 있고, 안 틀 수도 있고. 괜찮아!" 하더랍니다. 그러면서 아내는 "참 당신이 좋은 거 가르쳐 줬네." 하고 웃었습니다.

그 뒷날 퇴근해서 목마르다고 했더니 아들이 얼른 냉장고로 가 물을 컵에 받아 까치발을 한 채 "조심! 조심!" 하며 제게 걸어왔습니다. 순간 가슴에서 울컥한 무엇이 올라왔습니다. '콜라처럼 쏟을 수 있으니 조심하자는 마음을 애가 갖게 되었구나. 나무라지 않기를 잘했다. 정말 잘했어.' 아이가 잘못했을 때 늘 두 개의 선택이 있습니다. 그중 나무라는 것이 능사가 아니라는 것을 알게 해 준 소중한 경험이었습니다. 이후로 우리 집에는 괜찮다는 말이 인기어가 되었습니다. 아들이 제일 좋아하는 말 일 순위도 '괜찮아'가 되었습니다. 괜찮아? 그래, 괜찮아!

사진 속 어머니가 인자해 보입니다. 어머니의 표정에는 아이의 실수를 너그럽게 받아 주는 넉넉함이 보입니다. 자신이 너그럽게 받아들여질 때 아이는 남에게도 관대한 사람이 됩니다. 실수를 혼내지 않기, 너그러움의 힘입니다. 괜찮아, 괜찮아!

저 아래
상어가 산다

말로는 맹세했지만 마음으로는 맹세하지 않았다

-에우리피데스-

세 딸을 둔 부모가 있었습니다. 아버지와 어머니는 위험한 세상에서 행여 딸들이 험한 일을 당할까 봐 저녁 여섯 시 전에 귀가하도록 강하게 요구했습니다. 착한 딸들은 부모 말대로 여섯 시 전에 귀가했습니다. 이 집은 누가 봐도 표면적으로 안정된 집안이었습니다. 밖에서 봤을 때 딸들은 착하고 부모는 평화로웠습니다.

그런데 대학생 큰딸이 공무원 시험을 준비한다고 지방에 내려가 일 년 뒤, 배가 남산만 해져 집으로 돌아왔습니다. 시험 공부 대신 어린 남자를 만났고 이십 대 초반에 임신했던 것입니다. 더욱 놀라운 것은 남자가 이미 자식을 키우고 있던 이혼남이었다는 사실이었습니다. 부모는 기가 막혔습니다. 착하다고 믿었던 딸이 불과 일

년 사이에 이렇게 되었다는 것이 믿어지지 않았습니다. 게다가 딸은 이미 그 남자에게 아이가 있다는 걸 알면서도 임신을 했고, 아이를 지우지 않았습니다. 부모는 졸지에 마른하늘에 날벼락을 맞았습니다. 아이를 지울 수 없는 상태에서 나타나 출산하겠다며 폭탄선언을 하는 딸을 본 부모는 잠을 이루지 못하는 날이 많아졌습니다. 부모 말을 잘 듣던 딸이 도대체 왜 이렇게 된 것일까 이해가 되지 않았습니다.

사진 속 바다 수면 위로 상어 지느러미가 보였다고 해 볼까요. 잠시 후 상어 지느러미가 보이지 않습니다. 지금 내가 뗏목 위에 있다면 어떤 상황이 더 무서울까요? 수면 위에 상어가 보이는 상태는 불안정한 상황이고, 상어가 보이지 않는 상태는 안정한 상황입니다. 이때의 안정은 겉으로만 안정일 뿐 상어라는 공포를 품은 조마조마한 안정입니다. 언제 상어가 나타날지 모르지만 당장은 상어가 눈에 보이지 않는 상황이지요. 진정한 의미의 안정이 되기 위해서는 상어가 이 바다에서 사라져야 합니다.

딸을 셋 둔 집에서 바다 수면은 저녁 여섯 시 귀가 시간입니다. 이 시간은 딸들이 동의한 시간이 아니라 부모가 강제로 딸들에게 요구했던 시간이었습니다. 그동안 딸들은 부모 힘에 눌려 마지못해 여섯 시 귀가 시간을 억지로 지켜왔던 것입니다. 밖으로는 상어 지느러미가 보이지 않았지만, 속으로는 상어 세 마리가 유유히 헤엄치는 바다가 이 집이었던 것이지요. 큰딸의 임신은 상어 한 마리가 몸통을 쑥 드러내며 수면 위로 올라온 것에 불과했습니다.

우리 주변에는 저 아래 상어가 사는 집이 의외로 많습니다. 말 잘 듣고 착하던 아이가 갑자기 집을 나갔다고 말하는 부모들이 있습니다. 그 부모는 상어 지느러미가 보이지 않는다 생각해 아이 마음속에서 활개 치는 상어의 몸짓을 보지 못한 것일 수 있습니다. 여태 고분고분하던 아내가 어느 날부터 목소리가 커지고 밖으로 돌기 시작했다고 말하는 남편은 아내 마음속에 오래 헤엄치던 상어를 보지 못했을지도 모릅니다. 사람과 사람 관계에서 갑자기란 없습니다. 표현을 하지 않았을 뿐 서서히 변해 마침내 그 모습이 드러나는 것뿐입니다. 말 잘 듣는 관계라는 바다 저 아래 상어가 살고 있을지 모릅니다.

그래도와
어차피

좀 더 빨리 끝내려면 좀 더 기다려야 한다

-베이컨-

서른을 훌쩍 넘겼지만, 방에서 나오지 않고 밤새 게임만 하는 아들을 둔 어머니가 있었습니다. 어머니 소원은 아들이 다른 자식들처럼 장가도 가고 돈도 벌어 자립하는 것이었습니다. 지저분한 방이라도 깨끗이 치우고 살았으면 좋겠다는 바람이었습니다. 아들은 예민한 성격이었습니다. 중학교 시절 억울하게 선생님에게 뺨을 맞아 고막이 나갔습니다. 몇십만 원에 합의한 것 이외에 부모나 선생님에게 사과 한 번 제대로 받지 못했습니다. 고등학교 때는 친구들에게 지독한 왕따를 당했습니다. 집에서는 도박에 정신이 팔린 아버지가 이를 말리는 어머니를 모질게 매질하는 날이 이어졌습니다. 아들은 이런 아버지와 대판 싸워 주먹이 오갔습니다. 늘 아들에게 남편 원망만 하던 어머니는 되려 그런 아들을 불효자라며 나무랐습니다. 대학 진학에 실패한 아들은 군대에 갔다가 고참에게 맞아 광대뼈가 부러지기도 했습니다. 부모는 병원에 면회도 오지 않았습니다. 제대 후 아들은 자기 방에 스스로를 가두었습니다. 그런 생활을 십 년 넘게 하고 있었습니다. 예민하고 섬세한 아들에게 부모와 학교, 군대와 사회는 무관심과 두려움의 상징이었습니다. 그는 스스로 자기 방에 자기 왕국을 만들었습니다. 은둔형 외톨이가 된 것입니다.

이런 아들에게 어머니는 아무리 그래도 사회생활을 해야 하는 것 아니냐고 사사건건 잔소리를 퍼붓고 간섭을 했습니다. 아들은 더 심하게 자기 속으로 들어갔습니다. 아들이 가장 싫어하는 것은 청소한다는 이유로 어머니가 자기 방 물건을 버리고 치우는 것이었습니다. 번번이 방 치우는 것 때문에 아들과 어머니가 부딪쳤습니다. 어머니의 단골 레퍼토리는 '아무리 그래도 이렇게 사는 건 아니지'였습니다.

살다가 불행이 닥쳤을 때 불행을 바라보는 태도에는 '그래도'와 '어차피'가 있습니다. '그래도'란 세상이 그래도 나는 한번 애써 보겠다는 관점입니다. '어차피'란 어차피 세상은 그러하니 내가 거기에 맞추어 살자는 관점입니다. '그래도'로 도전해야 할 때가 있는가 하면 '어차피'로 순응해야 할 때가 있는 게 인생입니다.

어머니에게 지금 필요한 것은 '그래도'가 아니라 '어차피'입니다. 어차피 아들이 이렇게 되었다면 방해는 하지 말아야겠다는 마음을 가져야 합니다. 아들 방을 허락 없이 들어가지도 치우지도 말아야 합니다. 어차피 방에서 나오지 않는다면 방에서만은 자기 마음대로 할 수 있도록 보장해 줘야 합니다. 아들을 나무라고 끌어내려고 하는 것은 오히려 아들을 더 고립시키며 부모와의 관계를 악화시킬 뿐입니다. '어차피 이렇게 된 마당에'라는 마음으로 아들을 품고, 아들의 고통 곁에 묵묵히 있어 줘야 합니다. 오랫동안 만들어진 관계의 꼬인 문제는 금방 해결되지 않기 때문입니다.

　성당에서 묵주 기도하는 손은 기다림의 손입니다. 묵주 한 알마다 한 세월이 담겨 있습니다. 천천히 조금씩 아들의 마음이 풀리기를 기도합니다. 오래된 것은 오래되어야 풀린다는 것을 기도를 통해 알게 됩니다. 어차피 이렇게 된 아들을 위해 기도하고 천천히 다가서는 일이 부모가 할 일이라고 묵주가 조용히 말해 주고 있습니다.

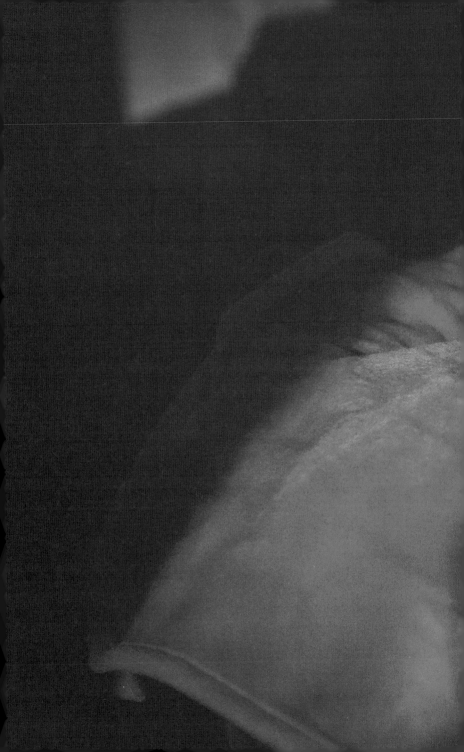

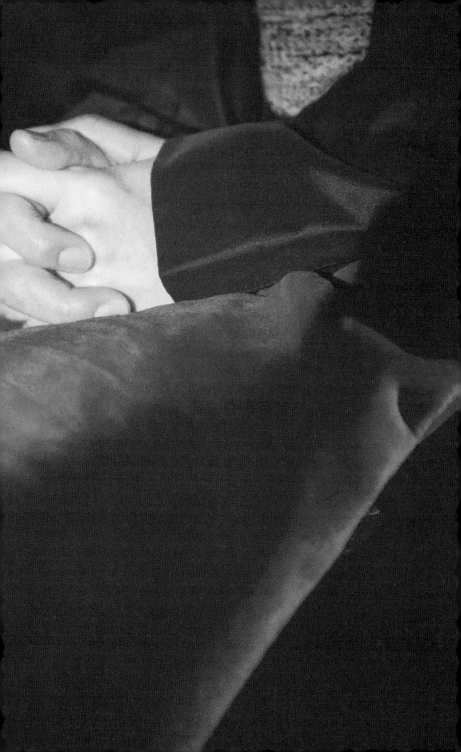

가끔 오는 행운,
한꺼번에 오는 불운

넘어지면 넘어지는 것으로 끝나지 않는다

옷도 풀어헤쳐 지고, 손에 들고 있던 것도 깨진다

-풀라인 속담-

아들 내외가 일을 나간 뒤 어린 두 손주를 보던 할머니가 바느질하려고 촛불을 켰습니다. 그러고는 잠시 아파트 앞 가게에 반찬거리를 사러 나갔습니다. 할머니가 나간 후 심심해진 다섯 살 오빠는 촛불이 신기해 이리저리 만지다 초를 떨어뜨렸고, 그만 거실 카펫에 불이 붙었습니다. 불은 순식간에 거실로 번져 온 집 안이 불바다가 되었습니다. 결국 집이 전소되었고 다섯 살 난 아이는 놀라 문을 열고 밖으로 피했지만 어린 동생은 화상을 입고 겨우 목숨만 건지게 되었습니다. 반찬을 사서 돌아오던 할머니는 집 나온 지 불과 삼십 분이 안 되어 소방차 출동 소리를 들었습니다. 출동한 곳이 손주들이 있는 집이라는 것에 넋이 나가고 말았습니다. 한순간의 방심이 가져온 참변에 온 집안이 발칵 뒤집혔습니다. 큰 아이는 공포에 울고만 있고 작은 아이는 중환자실에서 호흡만 간신히 이어 갔습니다. 할머니는 충격에 쓰러져 병원에 입원하게 되었고, 엎친 데 덮친 격으로 병원으로 차를 몰던 할아버지도 뒤에서 오던 차에 받혀 허리를 다치고 말았습니다. 당장 들어갈 집도 없어진 아들 내외는 순식간에 밀어닥친 불행에 정신을 차릴 수가 없었습니다.

이 가족이 앞으로 겪어야 할 수많은 불행은 이제 시작에 불과할지도 모릅니다. 평생 죄책감에 시달리며 살아야 할 할머니와 다섯 살 난 오빠의 삶은 이야기를 듣는 사람들의 마음을 무겁게 합니다. 평생 호흡기에 의지해 살아야 할 여동생의 삶은 우리 마음을 아프게 합니다. 부모인 아들 내외가 살아 내야 할 모진 삶은 생각만 해도 눈앞이 깜깜합니다. 허리를 다친 할아버지의 남은 삶도 우리를 슬프게 합니다. 살다 보면 행운은 어쩌다 한 번 왔다가 이슬처럼 스러지고, 불행은 대문을 열고 홍수처럼 한꺼번에 몰려와서 삶을 휘젓고 오래 머물다 갑니다.

사진 속 하늘에서 한 줄기 빛이 한 집으로만 향합니다. 희망의 빛이라면 얼마나 좋을까요. 여러 불행을 동반하고 내리는 빛이라면 얼마나 원망스러울까요.

인생은 언제 어떤 수가 나올지 알 수 없는 주사위입니다. 왜 하필 지금 이 수가 나왔는지 아무리 생각해도 이유를 알 수 없는 주사위 같은 것이 인생의 불행입니다. 갑자기 일어나는 지진 같은 것이 우리 삶의 불행입니다. 그런 운명 앞에 연약한 우리가 할 수 있는 일이란 거의 없습니다.

할 수 있는 일이 한 가지 있다면 '이제 어떻게 할 것인가?'에 집중하는 것입니다. 정말 힘든 일이지만 불행이 나만 예외일 수는 없다는 사실을 받아들여야 합니다. 불행의 빛은 사람을 가리지 않고 이리저리 떠돌며 오늘은 이 사람에게 내일은 저 사람에게 내려오기 때문입니다. 불행은 '왜'보다는 '어떻게'를 더 무서워합니다. 한꺼번에 온 불행 앞에 잠시 혼이 나가더라도 이제 어떻게 할 것인가로 다시 혼이 들어오는 존재, 그것이 인간입니다. 밀려오는 불행을 받아들이고 하나씩 풀어가는 것. 큰 불행 앞에 선 연약한 우리가 할 수 있는 유일한 일입니다.

폭력이
전공이요

가치가 있는 곳에 정중함이 있다

-바이프-

박사 논문을 마무리하려고 암자에 들어가 스님과 산 적이 있습니다. 몇 달 동안 생활하는 것을 지켜본 스님이 차를 한잔하면서 물었습니다. "우리 거사님은 전공이 뭐요?" "네, 가정폭력상담입니다." 그러자 스님이 다시 물었습니다. "그래요? 그럼 폭력을 하지 말라는 게 전공이요, 하라는 게 전공이요?" 스님의 이 물음은 의외의 질문이라 "당연히 폭력을 하지 말라는 게 전공이지요. 스님. 왜요?" 그제야 스님은 조용히 말씀하셨습니다. "몇 달간 보니 숟가락을 놓을 때도 탁 놓으며 숟가락에게 폭력을 하고, 찻잔도 탁탁 내리며 폭력을 해서 난 또 폭력 하는 게 전공인가 했지." 스님 말씀을 듣고 그만 얼굴이 빨개졌습니다.

지난 몇 달을 돌이켜 보니 수저를 놓을 때도 탁, 찻잔을 놓을 때도 탁, 보던 책을 놓을 때도 탁, 물건들에게 거칠고 무례한 폭력을 일삼던 저를 보았습니다. 스님에게 따끔한 한마디를 듣고 난 후부터 주변 사물들에게 폭력을 일삼던 습관이 조금씩 예의 바르게 변해갔습니다. 사람의 마음이 인심이라면 물건의 마음은 물심이니 어찌 차이가 있겠느냐는 스님의 이어진 말씀이 야무진 깨달음을 주었습니다. 그동안 사람이 사람에게 폭력을 하는 것만 폭력이라 생각했던 저에게 스님의 말씀은 폭력이 무엇인지에 대해 새롭게 바라보는 계기가 되었습니다. 차를 운전할 때도 차 같은 기계에도 기심이 있다고 생각하게 되었고, 차에 이름을 붙여 다정하게 부르게 되었습니다. 황금색이라 '누렁이'라 이름을 붙이고 "누렁아, 이제 같이 한 번 가보자." 하고 다정하게 말해 주었습니다. 기분인지는 몰라도 그렇게 차에게 이름을 붙이고 운전을 할 때면 한결 차가 부드럽게 나가는 느낌이 들었습니다.

얼마 지나지 않아 일상이 무척 평화로워졌습니다. 물건들에게 공손히 예의를 갖추어 대하게 되자 물건들도 가지런하고 차분하게 정리되어 다소곳이 눈앞에 자리 잡았습니다. 차도 아무런 사고가 나지 않았습니다. 만나는 사람들에게도 더 친절히 대하게 되었습니다. 물건에게도 예의를 지키는데 사람에게는 더 예의를 지켜야겠다는 마음이 자연스럽게 들었기 때문입니다.

사진 속 의자에게도 마음이 있습니다. 의자도 고요한 이 방을 좋아합니다. 우리는 사람이 사람에게 폭력을 하면서도 미안해하지 않는 세상에 익숙해지고 있습니다. 그러다 보니 사물에게 폭력하는 걸 당연하게 여깁니다. 모든 살아 있는 것들이 세포로 이루어져 있다면 죽은 것 같은 물건에도 살아 있는 수많은 미생물이 존재합니다. 이들도 폭력적인 취급을 받으면 놀라게 됩니다.

물건에 예의를 갖추는 것은 살아 있는 모든 것에 예의를 갖추는 출발이 됩니다. 물건을 거쳐 식물과 반려동물로 이어지고, 사람들에게 확장되어 적용될 때 제대로 된 예의로 내면화될 것입니다. 살며시 커피잔을 내려놓기, 숟가락과 젓가락을 조용히 들고 내리기, 다 먹은 그릇을 세면대에 사르르 내려놓기. 일상에서 예의 바른 사람이 되는 출발점입니다. 이제 제 전공은 조금씩 폭력을 하는 것에서 하지 않는 것으로 바뀌고 있습니다. 스님 고맙습니다.

화 잘 내기도
힘드네

> 화를 내는 사람에게는 두 가지 고통이 있다
> 화를 내는 고통과 평정을 되찾는 고통
>
> -소베-

사소한 일에도 걸핏하면 화를 내는 여자가 있었습니다. 여자는 회사에서도 화를 내서 사람들의 기피 대상 1호가 되었습니다. 어느 날 이제부터 화를 내지 않겠다고 결심하고 어떤 일에도 화를 내지 않았습니다. 회사 사람들은 여자를 처음에는 신기해하다가 어느 순간부터 화도 못 내는 여자라며 함부로 대하기 시작했습니다. 화를 낼 땐 자신을 피하고, 내지 않을 땐 속도 없는 바보 취급을 하니 환장할 노릇이었습니다. 이 일로 혼란스러워진 여자는 상담실을 찾아와 어떻게 화를 내야 좋을지 조언을 구했습니다.

처음 이분이 화를 밖으로 터트린 것은 비유하자면 독가스를 사람들에게 살포한 것과 같습니다. 사람들 가운데 기가 센 사람은 화를 터트리는 사람에게 더 강하게 화를 내고, 기가 약한 사람은 피합니다. 화를 자주 터트리는 사람 곁에는 사람이 없습니다. 화만 내는 사람은 외로워집니다.

한편 이분이 화를 안으로 삼킨 것은 독가스를 자신에게 살포한 것과 같습니다. 이렇게 하면 속에서 화병이 생기고 더 심해지면 우울증이 생깁니다. 화를 내야 할 상황에서도 내지 않고 참으니 사람들은 바보 취급을 하고 함부로 대합니다. 화만 내는 사람이나 안 내는 사람은 똑같이 화를 제대로 못 내는 미숙한 사람에 불과합니다. 화는 잘 내는 사람이 성숙한 사람입니다.

화를 잘 내는 방법은 간단합니다. 탓하지 않고 화내면 됩니다. 우리는 화를 내면 상대 기분이 나빠져 관계가 틀어진다고만 생각하지 왜 그런지는 깊이 생각하지 않습니다. 상대를 탓하면서 화를 내기 때문에 상대 기분이 나빠지는 것입니다.

번번이 약속 시각에 늦는 친구에게 "너, 한두 번도 아니고 매번 늦고 말이야. 뭐 하자는 거야 지금. 내가 그렇게 만만하게 보이냐?"라는 말 속에는 친구를 탓하는 원망이 들어 있습니다. 그 말을 듣는 친구는 자신이 늦은 게 잘한 건 아니지만 자신을 탓하는 친구 말에 반박하고 싶어집니다. 이럴 때 탓하지 않고 화를 낼 방법은 없을까요. 이렇게 말하면 됩니다. "야, 난 네가 자꾸 늦게 와서 무시당하는 기분이 들어서 힘들어." 그러면 친구는 미안한 마음이 듭니다. 아, 내가 늦으니까 그런 생각이 들 수도 있겠구나 싶은 거지요.

　사진 속 두 아이가 인생이라는 철로 위에서 자루 속 물건을 두고 상대를 탓하며 화를 낸다면 기차라는 분노에 치여 서로 다치게 됩니다. 화를 낼 때는 화나는 상황 다음에 하는 말에 상대를 탓하지 말아야 합니다. 화나는 상황과 내 생각만 말하면 됩니다. "어떻게 나한테 그렇게 말할 수 있나?" 대신 "그렇게 말하니까 많이 서운하다."라고 해 보세요. 탓하지 않고 화를 내는 방법입니다. 잘 화내기는 참 힘듭니다. 방법을 알게 되면 쉬워집니다. 탓하지 않고 내 마음만 이야기하기. 잘 화내는 사람들의 공통점입니다.

전교 일 등 하는 애한테만
화가 나요

기대는 모든 고통의 원천이다

-셰익스피어-

지능이 모자란 아들과 높은 딸을 둔 어머니가 있었습니다. 태어날 때 수술이 잘못되는 바람에 지능에 문제가 생긴 아들은 스무 살이 넘어서도 일상생활을 겨우 할 정도였습니다. 이에 비해 딸은 지능도 높고 공부도 잘해서 시험을 치면 초등학교 때부터 거의 전교 일 등을 놓치지 않았습니다. 희한하게도 엄마는 아들에게는 한 번도 화를 낸 적이 없었는데, 전교 일 등 하는 딸에게는 걸핏하면 화를 냈습니다. 주위에서도 그런 엄마를 이해하지 못하겠다고 했지만 정작 자신도 왜 못하는 아들에게는 관대하고, 모든 걸 거의 완벽하게 해내는 딸에게는 가혹한지 이해할 수가 없었습니다.

어머니가 이렇게 된 이유는 간단합니다. 아들에게는 아무런 기대를 하지 않았지만, 딸에게는 지나치게 높은 기대를 했기 때문입니다. 문제는 기대에 있었습니다. 아무런 기대를 하지 않는다는 건 아무것도 바라는 것이 없다는 말입니다. 원래 저 아이는 모자라니까 어떤 것도 기대하지 않아야겠다고 결심한 결과 무엇을 하든 실망하는 경우가 없었던 겁니다. 그러다 아들이 예상하지 못했던 것을 조금이라도 해내면 기특해 웃음이 나올 수밖에 없었습니다.

이에 비해 딸은 지나치게 높은 기대를 하고 있었기 때문에 조금만 공부를 소홀히 하거나 말대꾸를 하면 화가 날 수밖에 없었습니다. 기대에 어긋난 행동을 했기 때문입니다. 조금만 더 노력하면 서울시 일 등도 할 수 있을 텐데 하는 마음이 그러지 않아도 힘든 고등학생 딸을 다그치고 재촉하게 된 겁니다. 어느 날 참다못한 딸이 얼굴이 시뻘겋게 되어 엄마에게 따지고 들었습니다. 오빠와 다르게 대한다며 마구 대들었습니다. 거실에 함께 있던 남편도 딸 입장에 공감하면서 일이 커지고 엄마는 궁지에 몰렸습니다. 엄마는 딸에게도 남편에게도 딱히 반박할 말이 없었습니다.

주위를 둘러보면 이 엄마처럼 아이를 쥐 잡듯 몰아세우며 화를 내는 부모들이 적지 않습니다. 아이가 무얼 그렇게 잘못했기에 저럴까 싶어 가만히 살펴보면 아이가 잘못했다기보다 부모의 기대가 지나치게 높은 경우가 많습니다. 대여섯씩 아이를 낳아 기르던 옛날 우리 어머니들보다 하나둘 아이를 낳아 기르는 요즘 엄마들이 더 화를 내는지도 모릅니다. 하나나 둘 있는 아이에 대해 이런저런 기대가 더 높기 때문입니다.

사진 속 나무는 높으면 높을수록 큰 그늘을 만들어 지나는 사람을 기쁘게 합니다만 우리 마음속 기대는 낮으면 낮을수록 우리 마음 길을 지나는 사람을 기쁘게 합니다. 내 앞 사람이 작아도 내 기대를 내리면 큰 사람이 되고, 큰 사람도 내 기대를 높이면 더 작은 사람이 됩니다. 세상이 나를 화나게 하는 것이 아니라 내가 세상에 거는 기대가 나를 화나게 합니다. 나무는 오를수록 좋고 기대는 낮을수록 좋습니다.

나란히
공손하게 맞는
세상

우리는 아이들을 부모로부터
보호해야 할 필요가 있다

-조지 버나드 쇼-

정 많고 마음 여린 남자가 있었습니다. 첫 번째 아내 사이에서 자식이 생기지 않자 남자 부모는 대를 이을 새로운 여자를 찾으라며 날마다 성화였습니다. 마음 여린 남자는 끝내 부모 말을 거역하지 못하고 아내와 헤어졌습니다. 얼마 되지 않아 두 번째 아내를 얻어 아들딸을 낳았습니다. 하지만 첫 번째 아내와 싫어서 헤어진 것이 아니라서 몰래 첫 번째 아내를 만나곤 했습니다. 두 번째 아내가 이 사실을 알게 되어 심하게 싸웠습니다. 마음이 여린 남자는 다시는 그러지 않겠다고 하면서도 첫 번째 아내를 만나곤 했습니다. 어린 딸을 데리고 첫 번째 아내 집에 가서 잠을 자곤 했는데 딸은 그런 아버지가 짐승처럼 느껴졌습니다. 아빠에게서 떨어지지 않으려는 딸이었기에 이번에는 꼭 와서 자고 가라는 첫 번째 아내의 청을 거절하지 못해 어린 딸 손을 잡고 그 집에 간 것이지요. 어린 딸이 무엇을 알겠나 싶어 딸을 재우고는 첫 번째 아내 품으로 들어가곤 했습니다.

딸은 자라서 남자를 증오하는 사람이 되었습니다. 아버지처럼 나이 많은 남자가 조금이라도 부당한 일을 하면 불같이 싸우는 사람이 되었습니다. 딸은 결혼도 하지 않았습니다. 남자는 다 아빠 같은 사람이라고 생각했기 때문입니다. 결국 마음이 여린 한 남자는 자기 딸을 남자를 증오하는 투사이자, 결혼도 하지 못하는 사람으로 만들어 버렸습니다. 어설픈 부모 밑에서는 자식 노릇을 하기도 참 힘듭니다.

세상의 모든 관계를 줄이고 줄이면 수평 관계와 수직 관계가 남습니다. 수평 관계의 원형은 부부이고 수직 관계는 부모 자식입니다. 세상에 태어난 아이는 자라면서 부모가 부부로 살아가는 모습을 보며 수평 관계를 배우고, 부모가 자신을 대하는 모습을 보며 수직 관계를 배웁니다. 이때 배운 수평 관계를 훗날 자신의 배우자에게 적용하며 어려서는 친구, 자라서는 직장 동료에게 적용합니다. 또한 수직 관계를 자신보다 나이가 많은 어른, 선생님, 선배, 상사에게 적용합니다.

부모가 되는 일은 세상에서 가장 어려운 일인 동시에 가장 중요한 일입니다. 먼저 배우자와 건강한 수평 관계를 만들어 자식에게 본보기가 돼야 합니다. 다음으로 자식에게 닮고 싶은 어른의 모습으로 본보기가 되어야 합니다. 이야기 속 아버지는 어느 것 하나 제대로 못 했습니다. 깨진 둥지에 성한 알 없다고 했습니다. 아버지는 먼저 둥지를 튼튼히 해야 했습니다.

겉으로는 평온해 보이지만 속에 무엇이 있는지 알 수 없고, 언제 태풍이 휩쓸고 갈지 알 수 없는 바다는 사진 속 자녀가 살아가야 할 세상입니다. 그 험난한 세상을 잘 살기 위해 필요한 것은 수평과 수직 관계가 만나는 형상을 한 십자가입니다. 두 관계의 본을 보여 네가 아름답고 평화로운 삶의 바다에서 살도록 해 주겠다는 염원을 품은 부모가 의연하게 서 있습니다.

부모 곁에 한 아이가 멀리 바다를 응시하며 평화롭게 서 있습니다. 사진 속 세 존재는 우리에게 말합니다. 부모 되는 일은 자식의 십자가가 되는 일이라고. 수평 관계를 나란하게, 수직 관계를 공손하게 맞을 수 있는 준비를 시켜 세상에 내놓는 일이라고 말이지요.

순간
영원

우리는 모두 같은 배에서 노를 젓고 있다

-제노비우스-

예민한 고등학생이 있었습니다. 이 아이는 영원에 대해 오래 생각하곤 했습니다. 생각하면 할수록 현재의 삶이 찰나에 불과하다는 것과 무의미하다는 생각이 들어 우울해지곤 했습니다. 영원할 것도 아니고 잠시 있는 것뿐인데 웃고 떠들고 즐거워하는 친구들과 길가는 사람들을 보면 한심하다는 생각이 들었습니다. 늘 어두운 얼굴로 심각하게 하루하루를 지냈습니다.

어느 날 담임선생님이 아이의 어두운 얼굴을 보고 교무실에 따로 불러 아이에게 그 이유를 물었습니다. 아이는 영원을 생각하면 지금이 아무것도 아니란 생각이 든다고 솔직하게 말했습니다. 선생님은 지혜로운 분이셨습니다. 아이에게 이렇게 물었습니다. "영원은 무엇으로 이루어져 있을까?" 아이는 한참을 생각하다가 "순간들이요." 하고 대답했습니다. 그러자 선생님은 "그래. 맞아. 순간이야. 순간이 없으면 영원도 없는 거야. 그래서 영원이란 순간영원의 합이지. 그러니 이 순간을 즐겁게 사는 게 영원히 즐겁게 사는 게 아닐까." 순간 아이의 표정이 환해졌습니다. 아이는 지혜로운 선생님 덕분에 순간영원이라는 새로운 사실을 알게 되었습니다. 이후로 아이는 매 순간을 즐겁게 살기 시작했습니다.

사진 속 배경은 섬입니다. 섬 하나가 길게 바다를 향해 뻗어 있고 보이지 않지만, 또 다른 섬 위의 갈대가 바람에 흔들리며 그 섬을 바라보고 있습니다. 섬이 영원을 상징한다면 잠시 살다가 사라질 운명을 지닌 갈대는 순간을 상징합니다. 자연은 본질이며 진리를 품고 존재하고 있습니다. 섬은 갈대를 순간이라 무시하지 않고, 갈대도 섬을 영원이라 부러워하지 않습니다. 내가 모여 섬이 되는 것이라 생각하며 갈대는 오늘도 바람결에 몸을 맡겨 신나게 춤추고 있습니다. 섬은 그런 갈대를 흐뭇하게 쳐다보고 있습니다. 순간과 영원이 한 가족으로 웃으며 공존합니다.

학창시절 우리나라와 다른 나라의 역사를 배우다 보니 위대한 사람들 가운데 일찍 세상을 떠난 사람이 많았습니다. 일찍 세상을 떠났는데도 오래도록 역사책에 기록되어 수많은 사람 마음에 영원히 살아 있는 까닭이 궁금했습니다. 돌이켜 생각해 보면 그건 그들이 순간영원을 빛나게 살았기 때문이 아닐까요. 치열하게 고민하고 열정적으로 실천하고 마침내 자기 분야에서 결실을 본 사람들이야말로 위대한 삶을 산 사람일 것입니다. 반드시 큰일을 한다고 위인은 아닙니다. 시장에서 나물을 팔아도 봄에 들에서 나물을 캘 때 정성을 다해서 캐고 신나게 장에 들고 와 사람들에게 웃으며 나물을 판다면 이분 또한 순간영원을 빛나게 사는 위인일 것입니다.

우리는 각자의 삶에서 위인으로 살 수도 있고 이야기 속 고등학생처럼 늘 삶을 덧없다 여겨 웅크리고 위축된 소인으로 살 수도 있습니다. 그건 영원을 어떻게 바라보느냐, 즉 지금 이 삶을 어떻게 바라보느냐에 달려 있습니다. 일찍이 니체는 '인식이 대상을 따르는 것이 아니라 대상이 인식을 따른다'고 말했습니다. 내 생각이 삶을 따르는 것이 아니라 내 삶이 내 생각을 따른다로 해석할 수 있는 말이지요. 우리는 순간을 살아 영원을 살아갑니다. 이번 한 생, 순간영원에 충실한 삶을 살고 싶습니다.

마음이
울지 않으면
몸이 운다

일어날 일은 일어난다

-아이스킬로스-

얌전하고 순한 아이가 있습니다. 엄마는 나이 들어 귀하게 얻은 아들이라 아이가 원하는 것을 다 해 주려고 했습니다. 아이는 엄격하고 무서운 아버지를 어려워했습니다. 엄마도 아버지 앞에서 꼼짝 못 했습니다. 엄마는 아버지의 자영업을 도와야 해서 아이를 돌보기 어려웠습니다. 아이가 초등학교를 졸업할 무렵 부모는 아이를 기숙사가 있는 중학교로 보냈습니다. 아이는 어린 나이에 엄마와 떨어져 두렵고 막막했습니다. 수줍은 성격이다 보니 친구들과 쉽게 사귈 수도 없었습니다. 어쩌다 기숙사에서 집으로 돌아오면 엄마에게 그간 힘들었던 마음을 털어놓고 싶었습니다. 그런데 일에 지치고, 무서운 남편에게 시달렸던 어머니의 힘겨워하는 모습을 보면 그럴 수가 없었습니다. 엄마가 나보다 더 힘들다는 것을 어린 마음에도 느낄 수 있었기 때문입니다. 아이는 그때부터 점점 말수가 줄고 얼굴이 어두워졌습니다.

정작 문제가 터진 건 회사 생활을 시작한 직후였습니다. 첫 회식 자리에서 술을 마신 후 선임의 잔소리에 갑자기 돌변하여 마구 욕을 하면서 술상을 엎었습니다. 함께 자리했던 사장과 임원들이 깜짝 놀랐고, 이 일로 인해 첫 번째 회사를 나와야 했습니다. 여자 친구를 사귀고 나서도 이 습관이 반복되었습니다. 평소에는 친절하고 배려심 깊은 아이콘이었는데 어쩌다 술을 한잔하면 폭군이 되었습니다. 술이 깨고 나면 다시는 그러지 않겠다고 다짐했지만 술을 마시면 어김없이 그 버릇이 나타났습니다. 여러 여자와 헤어지는 것을 반복하다 보니 자기를 미워하고 신세를 한탄하며 우울증이 생기게 되었습니다. 제때 마음이 울지 못하니 몸과 관계가 운 것입니다.

사람은 감정의 동물입니다. 감정의 동물이란 말은 감정을 느끼기도 하고, 느낀 감정을 표현하는 존재라는 의미입니다. 음식을 먹기만 하고 몸 밖으로 배출하지 못하면 변비가 생기듯 감정을 느끼기만 하고 표현하지 못하면 감정 변비가 생깁니다. 변비약을 먹으면 그동안 몸 안에 꼬여 있던 노폐물이 한꺼번에 나가듯이 술을 마시면 이성으로 억누르던 감정들이 한꺼번에 분출됩니다. 중국의 시인 백거이는 "용은 잠잘 때 모습을 드러내고, 사람은 술을 마셨을 때 본심을 드러낸다"고 했습니다. 취중진담이라고 술을 마시고 하는 말과 행동에는 누적된 감정이 고스란히 담겨 있습니다.

사진 속 못질한 나무들 아래 감정이라는 검은 물이 켜켜이 고여 있습니다. 아이 때부터 표현하지 못한 감정은 날마다 쌓여 어른이 되었을 때는 나무 덮개 바로 아래까지 찰랑입니다. 그러다 자극이라는 물 한 동이 들어오면 검붉은 물이 한꺼번에 역류해 나무 덮개를 집어삼키게 됩니다. 어릴 때 표현했으면 잘 흘러갔을 수로가 막히고 고여 모두를 놀라게 하는 역류로 나타나는 것이지요. 부모의 역할은 아이가 감정을 편하게 표현할 수 있도록 해 주는 것입니다. 아이가 울어야 할 때 울 수 있도록 자리를 마련해 주는 것은 건강한 아이로 키우는 부모의 책임입니다.

나에게
사과해

장애는 극복하는 것이 아니라 받아들이는 것이다

-김동준-

귀가 들리지 않으면 수업을 들을 수 있을까요. 있습니다. 누군가 그 사람의 귀가 되어 주면 됩니다. 대학원 수업을 듣는 학생 가운데 한 사람이 농인, 즉 귀가 들리지 않았습니다. 옆자리에는 늘 커다란 모니터가 달려 있는 노트북으로 쉴 새 없이 교수의 이야기를 타이핑해 주는 전문속기사분이 앉아 있었습니다. 상담을 가르치는 수업의 중간고사 리포트 주제는 '나의 고민'이었습니다.

이 학생이 제출한 리포트의 제목은 '내가 일주일만 들을 수 있다면'이었습니다. 내용 가운데 가장 시선을 끈 것은 내가 일주일만 들을 수 있다면 수업 시간에 고개를 숙이고 강의를 듣고 싶다는 이야기였습니다. 구어, 즉 교수가 하는 말을 입 모양만 보고 알아듣기 위해 잠시도 눈을 떼지 못하는 게 힘들다는 것이었습니다. 눈을 감은 채 교수 말을 음미하고도 싶고, 무심코 고개를 숙이고 교수 이야기를 듣고 싶다고 했습니다. 이 학생은 수업 시간에 가장 집중해서 교수를 쳐다보던 학생이었습니다. 집중력이 높다고만 생각했는데 말을 알아듣기 위해 필사적으로 노력했다는 걸 알게 되었습니다. 잘못이라고 할 수는 없었지만, 이 학생에게 사과하고 싶었습니다. 그의 절박한 사정을 이해하려고 하지 않은 잘못을, 교수 마음대로 사정을 해석해 신이 나서 더 빠르게 많은 말을 쏟아 낸 잘못을 사과하고 싶었습니다. 그 후 수업 시간에 조금 더 마음을 써서 천천히 말하기 시작했습니다. 우리 두 사람만 아는 교감이 눈빛을 통해 오고 갔습니다. 사랑으로 이르는 길에는 서로에 대한 이해가 있다는 걸 알게 되었습니다.

사랑을 수학 공식으로 나타내면 '2+2=4'입니다. 나를 이해하고, 너를 이해하면 사랑이 싹튼다는 것이지요. 농인의 어려움을 이해하고, 그것을 도울 수 있는 나의 능력을 이해하자 농인 학생과 교수 사이에 사랑이 싹트게 되었습니다. 우리는 누군가와의 관계에서 상대에 대한 무지를 사과해야 하는 존재입니다. 내가 상대의 입장을 이해하지 못해 나도 모르게 상대에게 크고 작은 무례와 잘못을 저지르기 때문입니다. 관계는 남과 나의 관계만 있는 것이 아닙니다. 가장 중요한 관계는 나와 나의 관계입니다. 내가 나에 대해 잘못 알고 있는 것이 있다면 나에게 무수한 잘못을 저지를 수밖에 없습니다. 내가 누구인가에 대해 잘 이해하는 것은 다른 사람과 관계를 잘 맺고자 하는 사람이 가장 먼저 해야 할 일입니다.

농인이었던 이 학생은 스스로 문제를 내고 자신의 답을 쓰라는 기말고사 보고서에 '나의 농인 후배들에게'라는 제목으로 자신이 농인으로 학생이 되어 살면서 경험한 어려움과 그것을 하나씩 해결해 나간 과정을 담담히 적었습니다. 글 마지막에 '장애는 극복하는 것이 아니라 받아들이는 것이다'라는 깨달음을 말했습니다. 장애를 극복할 것으로 오해하여 자신에게 저지른 수많은 실수와 잘못을 자신에게 사과했습니다. 이 학생을 보며 깨달았습니다. 세상에서 가장 아름다운 사람은 자신에게 사과할 줄 아는 사람이라는 것을. 세상에 사과하기 전에 나에게 먼저 사과해! 사진 속 빨간 사과가 우리에게 전하는 묵직한 메시지입니다.

배운 놈이
제일 나빠

가장 좋은 예언자는 지나온 과거이다

집단 상담 중에 한 분이 아들이 명문 대학교에 들어갔다고 했습니다. 모두 손뼉 치며 축하해 주려던 순간 성격이 괄괄하던 한 참가자가 대뜸 '그 대학 나온 놈들은 다 죽일 놈!'이라며 외쳤고, 소동이 일어났습니다. 아들을 자랑하고 싶었던 아버지는 머리끝까지 화가 났습니다. 죽일 놈이라 외쳤던 참가자와 아버지 사이에 고성이 오갔습니다. 지켜보던 사람들도 왜 남의 아들 잘되었다는 소리에 찬물을 끼얹는지 이해가 가지 않았습니다. 두 사람을 진정시키고 나서 무엇 때문에 그 대학 사람들은 다 몹쓸 사람이라고 했는지 물어보았습니다. 괄괄한 성격의 아저씨는 초등학교도 졸업하지 못하고 무작정 상경하여 출판사 일을 하면서 살았습니다. 하필 그 대학을 나온 사장들이 임금을 체불하고, 사람을 함부로 대하는 통에 그 대학이라면 이를 갈게 되었다고 합니다. 그 후 우연히 뉴스를 봤는데 잘못을 저질러 검찰청에 불려가는 정관계 지도자 대부분이 그 대학을 나온 것을 알게 되어 저 대학 인간들은 다 죽일 놈들이라는 믿음이 생겼다고 합니다. 다른 집 아들이 그 대학에 들어갔다는 이야기를 들으니 자신도 모르게 피가 거꾸로 솟으면서 버럭 소리를 지르게 된 것이라고 했습니다. 이야기하면서 스스로 왜 소리를 질렀는지 정리가 된 아저씨는 아들을 그 대학에 보낸 아버지에게 미안하다고 사과를 했습니다.

너무 아프고 힘든 기억을 가진 사람은 그 기억과 유사한 자극이 주어지면 아저씨처럼 버럭 화가 나게 됩니다. 과거에 일어났던 일이 지금 일어나는 일처럼 여겨져 화를 불러오는 것입니다.

기억은 과거의 일이지만 비슷한 사건이나 말을 통해 현재의 일로 변화하여 화를 나게 하는 특성이 있습니다. 기억에서 경험한 자극은 대개 그 비슷한 자극을 한가지로 보게 하는 과잉 일반화로 만듭니다. 안경 쓴 사람에게 당한 적이 있는 사람은 안경 낀 모든 사람을 나쁜 사람으로 보는 것처럼 말이지요. 대인 관계에서 이 아저씨처럼 엉뚱하게 싸움으로 번지거나 낭패를 볼 수도 있습니다.

이미 지나간 기억을 바꿀 수는 없습니다. 기억에 대한 해석은 재검토해 봐야 합니다. 보통 우리는 생각이 짧고 세상에 대한 이해력이 낮았을 때 해석한 것을 수정하지 않고 그대로 사는 경우가 많습니다. 이 아저씨의 경우 그 대학이 문제가 아니라 그 대학을 나온 사람들 가운데 내가 만난 그 사람들의 인간성에 문제가 있었다는 것이 정확한 해석입니다. 우연히 그 대학 출신 사장들이 나를 힘들게 한 것뿐이지요. 대학이 문제가 아니라 개인이 문제였던 겁니다.

사진 속 신호등에 빨간 불이 켜졌습니다. 사람마다 분노라는 빨간 불이 켜지는 상황이 다릅니다. 그 상황은 살아오면서 경험한 화나는 일과 그때 해석이 혼합되어 있습니다. 우리는 내 신호등이 언제 빨간 불로 변하는지 발견하는 것이 중요합니다. 혹시 어린 시절 했던 모자라고 편협한 해석을 진실로 받아들인 채 사는 건 아닌지 물어보세요. 분노에서 조금 더 자유롭게 사는 길입니다.

그건
거짓말이야

말은 영혼의 얼굴이다

-세네카-

　명절 때 고향에 가면 친구들을 만납니다. 고
향에 살면서 농사를 짓던 친구를 만나면 어린 시절처럼 어깨를 툭
툭 치며 욕도 하고 짓궂은 소리도 곧잘 합니다. 도시로 나가 오래
직장생활을 하던 친구들을 만나면 말이 조심스럽고 짧게 끝나곤
합니다.

　무엇으로 먹고사느냐에 따라 말투도 달라진다는 건 흥미로운 일
입니다. 먹고사는 법은 다양하지만 단순하게 나누자면 몸으로 먹
고사는 법과 머리로 먹고사는 법이 있습니다. 물건을 만지고 가공
하고 만드는 일을 하여 먹고사는 사람이 몸으로 먹고사는 사람이
라면, 눈에 보이지 않는 생각으로 무엇인가를 구상하고 기획하고
만들어 먹고사는 사람이 머리로 먹고사는 사람입니다.

몸으로 먹고사는 사람과 이야기를 나누다 보면 말이 투박하다는 인상을 자주 받습니다. 머리로 먹고사는 사람은 말이 깍듯할 때가 많습니다. 얼핏 생각하면 말이 투박한 사람과는 더 이야기하고 싶지 않고 깍듯한 사람과는 더 이야기를 나누고 싶어야 할 텐데 실제는 반대입니다. 투박하게 말하는 사람과 있으면 금방 편해지는데, 말이 깍듯한 사람과는 오래 지나도 긴장됩니다.

이유는 간단합니다. 몸은 감정을 속이지 않는데, 머리는 속이기 때문입니다. 몸으로 먹고사는 사람은 자신의 감정을 여과 없이 표현하는 경향이 있습니다. 여과 없이 표현하다 보니 거칠고 투박합니다. 머리로 먹고사는 사람은 자신의 감정을 누르고 비틀고 심지어 반대로 가공하여 표현하는 경향이 있습니다. 그러다 보니 깍듯하고 세련됩니다.

상담하다 부모에 대해 물으면 "싫었어요!" 하고 바로 나오는 말이 솔직한 감정입니다. 잠시 후에 "그 당시 부모님들은 다 그렇지 않았을까요?" 하고 나오는 말은 가공된 거짓 감정일 가능성이 큽니다. 머리가 감정을 억제하고 비틀어 나오는 소리이기 때문입니다. 상담을 오래 할수록 두 번째로 하는 근사한 말을 믿지 않게 됩니다. '아, 또 머리를 써서 거짓말을 하고 있구나!' 하고 알아차립니다.

사진기로 찍은 노을은 실제 노을이 아닙니다. 가공됩니다. 색상도 그 색상이 아니고, 각도도 그 각도가 아니며 찍는 사람의 선호와 역량에 따라 각색된 노을이 나타나게 됩니다. 과거는 거짓말이고 미래는 환상이란 말이 생겨났습니다. 과거는 내가 머리로 꾸미기 때문입니다. 원석은 거칠고 투박합니다. 흙도 묻어 있고 불순물도 덕지덕지 묻어 있습니다. 자신의 모습을 있는 그대로 드러냅니다. 세공 과정을 거친 보석은 매끄럽게 세련되었습니다. 원래 모습을 잃고 규격화된 보석이 되어 있습니다. 우리의 진심도 보석에 있기보다 원석에 있습니다.

자신의 삶을 더 나은 삶으로 바꾸고자 한다면 자신의 원석을 있는 그대로 보고 인정하는 것에서 출발해야 합니다. 사진 속에는 진실이 없습니다. 눈에 보이는 그대로 풍경이 진짜입니다. 진짜에서 출발해야 진짜에 이르게 되는 것이 세상의 이치입니다.

보이는 마음

초판 1쇄 인쇄 2021년 10월 1일
초판 1쇄 발행 2021년 10월 7일

지은이 이서원
사진 김우중
펴낸이 정용수

사업총괄 장충상 본부장 윤석오
디자인 김지혜
영업·마케팅 정경민
제작 김동명 관리 윤지연

펴낸곳 ㈜예문아카이브
출판등록 2016년 8월 8일 제2016-000240호
주소 서울시 마포구 동교로18길 10 2층(서교동 465-4)
문의전화 02-2038-3372 주문전화 031-955-0550 팩스 031-955-0660
이메일 archive.rights@gmail.com 홈페이지 ymarchive.com
블로그 blog.naver.com/yeamoonsa3 인스타그램 yeamoon.arv

© ㈜예문아카이브, 2021
ISBN 979-11-6386-080-8 03810